リハーサル

五 十 嵐 貴 久

幻冬舎文庫

リハーサル

目次

＊

ワープロで打ち終えた文章をプリントアウトし、改めて読み直した。


『花山病院では正看護婦を募集しています。

採用予定数、若干名（外科・内科・小児科）。

20歳以上、35歳まで。経験者優遇。

日勤・準夜勤・夜勤あり。

給与、休日、その他詳細は当院受付までお申し出いただければ、ご説明します。

（交通費全額支給／寮なし／車通勤不可）』

こんなところだろうとつぶやき、帰り支度を整えてから、セロハンテープとプリントアウトを手に副院長室を出た。火曜夜七時、日は暮れていたが、外はまだ明るかった。

「大矢副院長、何をされてるんですか？」

正面出入り口の脇にある花山病院の看板にプリントアウトを貼り付けていると、通りかかった看護婦が声をかけてきた。見ての通りだよとだけ答えて、気をつけて帰るようにと手を振ると、微笑んだ看護婦が軽く頭を下げて去って行った。

看護婦の新規採用について、小山内（おさない）婦長から相談があったのは四月の中旬、二カ月ほど前だ。いつまでにという話ではなかったが、今朝婦長と話し、十日後に面接を行なうと決めたのは私だった。

伝（つて）を辿って探しているが、順調とは言えないとの報告を受け、貼り紙をしてみましょうと提案したのも私だ。地域密着型の個人病院の場合、意外と効果があるのはわかっていた。

今日でなくても構わなかったが、思い立ったが吉日ともいう。特に手間がかかるわけでもない。どうなるかわからないが、やらないよりはやった方がいいだろう。

（問い合わせのひとつでもあればいいんだが）

生温い風が吹き、ぽつりと雨が落ちてきた。置き傘を取りに戻ろうかと思ったが、面倒になってその場を離れた。

中野の駅につくまで保（も）ってくれれば、と空を見上げると、分厚い雲がかかっていた。私は足を速めて、駅へ続く道を急いだ。

カルテ1　面接

1

花山病院二階にある会議室のドアを開けると、思ってたより少なかったなと刈谷(かりや)先生が話している声が聞こえた。

六月二十日、金曜日午後五時。始まったばかりの梅雨空は暗く、一日中降り続いていた雨のため、病院の庭のあちこちに小さな水たまりができていた。

「お疲れさまです」

小山内婦長が私にクリアファイルを渡した。結局何人ですかと尋ねると、五人ですと答えて、金縁眼鏡のつるに手を当てた。今年五十三歳になる彼女は、毎日のように眼鏡の度が合わないとこぼしている。

コの字形に配置されていたデスクの中央の席に座ると、その場にいた三人の医師と二人の看護副婦長が頭を下げた。すいません、と私はそれぞれの顔に目を向けた。

「診療時間が終わっているのに、残ってもらって……ただ、看護婦の新規採用となりますと、ぼくと婦長だけで決めるわけにもいきませんので」

気にすることないですよ、と隣の席の刈谷先生が明るい声で言った。九月で三十五になる私より、九歳上の四十三歳で、花山病院に勤務する内科医だ。

「副院長のせいじゃありませんよ。そうでしょ？」

四十三歳と言えば立派な中年だが、どこか軽い物言いは、この人の癖だった。見た目も四、五歳若い感じがする。

短く刈り揃えた白髪頭に手をやりながら、柏手（かしわで）先生が無言でうなずいた。私と同じ外科医で、五十歳のベテランだ。無口なのはいつものことだった。

「それにしても応募してきたのが十人っていうのは少ないなあって」小児科の津田博子（つだひろこ）先生が両脇の女性に目を向けた。「もちろん、どこの病院も人手不足なのはわかってますけど……」

ですよね、と副婦長の原口良乃（はらぐちよしの）と藤鐘清美（ふじかねきよみ）がうなずき合った。景気がいいのも善し悪しですね、と刈谷先生が自分の肩を叩いた。

「四、五年前なら、受付に〝看護婦募集中〟と紙の一枚も貼っておけば、いくらでも集まったんですけど、こういうご時世です。看護婦はどこでも引く手あまたですよ。十人来ただけでも、良しとすべきなんじゃないですか」

私が副院長を務めている花山病院は中野区にある個人病院で、院長の花山大次郎は私の叔父だ。

外科、内科、小児科の三科があるが、個人病院としてはそれなりに大きい方だろう。院長を含め医師五人、看護婦が二十人いるが、三月に退職者が重なったこともあり、新たに看護婦を傭わなければならないのは、私もわかっていた。

募集の手配は婦長に任せていたが、時期が悪かった。四月に入ったばかりで、看護学校の卒業生はとっくに勤務先を決めていた。探し始めて二カ月経った十日前の段階でも、問い合わせの連絡をしてきた者は二十人に満たなかったし、正式に応募してきた者は十人だけだった。

七月まで待てばもう少し増えるはずですと婦長が言ったが、書類選考をした上で、残った五人で面接をすると決めたのは私だった。採用人数は三名を予定していたから、五人いれば十分だろう。

時間を置くと、彼女たちもいつ他の病院へ行ってしまうかわからない。副院長として、人員の確保を優先するべきだと考えていたが、それほど看護婦不足は深刻な問題だった。

全員揃いましたので、と婦長が別室で待っている五人を呼ぶため、会議室を出て行った。

さっさと終わらせたいな、と刈谷先生が言った。

「息子と東京ドームに野球を観に行くことになってるんだ。六時開始なんだけど、それには間に合わないだろうな」

三十分ほど前から、野球帽をかぶった小学生が待合室にいたが、あの少年が刈谷先生の息子なのだろう。

素敵ですね、と博子先生が微笑んだ。彼女は私より二歳下で、まだ結婚していないが子供好きなのはよく知っている。本人も二十代前半にしか見えない童顔の持ち主だった。

「あたしも行ってみたいんですよ、東京ドーム。野球場に屋根がついてるなんて、不思議ですね」

「雨が降っても試合が中止にならないのはありがたいよ。昔みたいに雨天中止ってことにはならないからね。大矢副院長は？　花金(はなきん)だし、何か予定があるんじゃないですか？」

適当に笑ってごまかしながら、腕時計に目をやった。約束は八時だ。それまでには面接も終わっているだろう。

ノックの音がして、婦長が一人の若い看護婦を連れて入ってきた。ドアの隙間から、他に四人の女性が廊下に置かれた丸椅子に座っているのが見えた。面接を受けに来た看護婦たちだ。

では始めましょう、と看護婦をパイプ椅子に座らせた婦長が早口で言った。

「自己紹介をお願いします。名前、年齢、最終学歴、職歴をお話しください。その後、先生方から質問がありますので、お答え願えますか」

渡されたクリアファイルの中に履歴書があるので、自己紹介の必要はないのだが、そこは面接だから、本人の口から説明してもらわなければならない。会話の中から人間性を見て、評価をつけるのが面接の目的だった。

とはいえ、退屈な時間になるだろうとわかっていた。募集の条件は二十歳以上三十五歳までの看護婦だから、経験に多少の差はあるにしても、特に大きな違いはないはずだった。

面接官を務める私たちも、決まりきった質問をするだけだ。正直なところ、五分や十分話したところで、何がわかるというものでもないだろう。

だが、真剣な態度で臨まないと小山内婦長に怒られるのも確かだった。勤続三十年、花山病院のすべてを取り仕切っている彼女は、本名をもじって〝オッカナイ婦長〟と呼ばれている。機嫌を損じるわけにはいかない。

四人の看護婦が入っては出て行った。代わり映えしないですねと刈谷先生が囁いたが、私もまったくの同意見だった。

次の方で最後です、と婦長がドアを開くと、背の高い痩せた女性が入ってきた。長い黒髪、目から下を覆うほど大きなマスクをかけていた。

どうぞ、と椅子を勧めた婦長に会釈して、女性が腰を下ろした。手元の履歴書に目を落とすと、雨宮（あまみや）リカという名前が記されていた。年齢二十八歳、現住所、新宿区大久保。

「雨宮リカと申します。よろしくお願いします」

座ったまま、ゆっくりと頭を下げた。紺のパンツスーツ、白のブラウス。ジャケットの肘の辺りが青光りしていたが、サイズ感からオーダーメイドだとわかった。靴はフェラガモのパンプスで、少し傷があるが、やはり高級品だ。

だが、何より印象に残ったのは彼女の声だった。やや低いが、どこか湿った感じがする女性らしい声だ。十年ほど前に大ヒットしたアニメ映画のヒロインがこんな声だった、と思った。

簡単に経歴をお話しくださいと婦長が言った。八年前、青美（せいび）看護学校を卒業しましたと雨宮リカが小さく咳をした。

「その後慶葉（けいよう）病院、東洋女子医大勤務を経て、千葉の坂本クリニックという個人病院で二年ほど働いていました」

説明は簡潔でわかりやすかった。頭のいい人間の話し方だ。

「去年の暮れまで千葉の佐倉に住んでいましたが、坂本先生が八十歳になられたのを区切りに、クリニックを閉じることになり、四月にわたしも東京に戻りました。体調を少し崩していたこともあって、しばらく休むつもりだったのですが、看護婦という仕事は好きですので、いずれまた働ければと思っていました。たまたま、こちらで看護婦を探していることを知って、何というか……運命のようなものを感じて、すぐ応募させていただきました」

紹介者はどなたですかと尋ねた婦長に、貼り紙を見たので、と雨宮リカが答えた。

今回、花山病院に勤めている看護婦を通じて探していたが、なかなか集まらないこともあり、十日前、出入り口のドアに看護婦募集中という紙を貼ったのは私だ。彼女はそれを見たのだろう。

「体調を崩したというのは？」

過労です、と雨宮リカが婦長に視線を向けた。

「自分でも欠点だと思っていますが、根を詰め過ぎるところがあって……改めなくてはならないとわかっているのですが、性格ですのでなかなか……」

仕事熱心なのはいいことです、と婦長がうなずいた。

「もっとも、それで自分の体調が悪くなったのでは、本末転倒ではありますけどね。体調管理も看護婦の仕事のひとつですよ」

慶葉にいたのはいつ頃ですかと手を挙げた刈谷先生に、青美を卒業してすぐですから、八年ほど前になりますと雨宮リカが答えた。

「ぼくの後輩で桜田(さくらだ)くんという眼科医がいるんですけど、知ってます?」

桜田ドクターですね、と雨宮リカがうなずいた。

「お名前は存じています。ただ、わたしは外科病棟の担当でしたので、何度かお話ししたことがありますが、それほど親しくさせていただいていたわけでは……そう言えば、去年新宿で偶然お会いしましたけど、お元気そうでした」

面白い奴なんですよ、と笑みを浮かべた刈谷先生が私に顔を向けた。

「ぼくも三年ぐらい会ってませんが、五歳下だから、今三十八歳かな? 大学でバンド活動にのめり込んで、二回留年してるんですが、腕はいいんです。院長先生に話したこともありますよ。うちで眼科をやるんだったら、桜田を呼びましょうと——」

刈谷先生、と婦長が金縁眼鏡を数ミリ上げた。

「今は面接の場です。関係のない話は慎んでください」

失礼しました、と刈谷先生が顔を伏せた。笑いを堪えているのか、肩が震えていた。

「うちのことは知っていましたか」

私の質問に、もちろんですと雨宮リカが大きくうなずいた。

「中野の花山病院のことは、少し経験がある看護婦なら誰でも知っていると思います。わたしの父も医者で、年齢は十歳ほど下になりますが、花山院長のことを尊敬しているといつも話していました。父も院長先生と同じ京橋医大を卒業しているので、それも縁かなと思っています」

いい声をしている、と改めて思った。雰囲気は多少暗いが、それも気にならないほどだ。

「マスクをかけているのは、何か理由でも？」

婦長が眼鏡を外して、鼻の付け根を揉むようにした。風邪をひいてしまって、と雨宮リカが声のトーンを落とした。

「看護婦として反省しています。うつしてはいけないと思い、マスクをつけてきましたが、外した方がよろしいでしょうか」

そうしてもらえますかと婦長が言うと、雨宮リカが目から下を覆っていた大きなマスクを取った。

顔色が悪い、というのが第一印象だった。医師としての観点から言えば、肝機能障害を疑うところだが、もともとこういう顔色なのかもしれない。

目鼻立ちははっきりしていた。特に目は大きく、切れ長だ。やや黒目がちで、古風な感じがする。長い黒髪のせいもあるのだろう。

美人の部類に入るのではないか。整った顔立ちであることは間違いない。口調や声音からも、育ちの良さが窺われた。

「お父様が開業医だったと履歴書に記載がありますが……麻布でクリニックを開いていたわけですね？」

婦長の質問に、父はわたしが中学生の時に事故で亡くなっています、と小さく咳をした雨宮リカがマスクをかけ直した。

「外科と内科、父を含め医師二人、看護婦数人の小さなクリニックです、もう十四、五年前のことですが」

本籍は広尾、現住所は新宿区大久保、と婦長が履歴書の記載項目を読み上げた。

「保証人はお祖母様ですね？　お母様は？」

「父が亡くなってから、母は心を病んで、妹を連れて家を出ました」雨宮リカがうつむいた。

「個人的なことですので、それ以上はちょっと……」

失礼、と婦長が男のような口調で言った。

「すみませんでしたね、嫌なことを思い出させてしまって……では、看護婦としての経験は八年ほどということでしょうか」

そうです、と雨宮リカがうなずいた。

「看護婦としては、それなりに自信があるつもりです。慶葉や東洋女子で働いていましたが、率直に言っていわゆる大病院のシステムに疑問がありました。個人的には、もっと患者さんに寄り添うような形での看護を希望しています。地域医療の担い手として有名な花山病院は、わたしにとってひとつの理想で、ぜひ働かせていただきたいと思っています」

持っていた金色の長いチェーンのついている小さなバッグから、二通の封書を取り出し、婦長に差し出した。

「こちらは坂本先生と慶葉病院の内田前理事長の推薦状です。お願いしたところ、快く書いてくださいました。他の方もそれぞれ何らかの推薦状をお持ちだと思いますが、多少でもわたしのことをわかっていただければと思い、持参しました」

「内田前理事長とはどういう関係？」面接が始まってからずっと黙っていた柏手先生が口を開いた。「日本医師会の元副会長だよ？　こんなことを言ったら失礼だけど、一介の看護婦に推薦状を書く立場の人じゃないと思うんだが」

七年前、内田前理事長が胃ガンの手術を受けた時、わたしがお世話をさせていただきました、と雨宮リカがマスク越しに微笑んだ。

「あの頃のわたしは経験不足で、何もわかっていませんでした。失礼なことを申し上げたこともあったかもしれません。ですが、理事長はそんなわたしのことを可愛がり、退院後も年に数回食事に招いていただいています。患者さんに対し、誠心誠意尽くす気持ちは誰にも劣らないと自負していますが、理事長が推薦状を書いてくださったのも、その辺りを理解してくれたからだと思います」

婦長が私に推薦状を渡した。両隣から刈谷先生と博子先生が覗き込む。雨宮看護婦を推薦する旨の文章と、内田忠弥（ちゅうや）という署名があった。

驚いたな、と柏手先生が白髪頭に手を当てた。医療に携わる者で、内田忠弥の名前を知らない人間はいないだろう。そんな大物の推薦状を持参してくる看護婦がいるとは、考えてもいなかった。

「他に何かありますでしょうか」

首だけを動かして左右を見た雨宮リカに、ボーイフレンドはいるのかい、と刈谷先生が質問した。

前の四人にも同じことを聞いていたが、ゴシップ好きで、看護婦の男性関係を知りたがるのは、この人の悪い癖だ。

特定の方はいません、と雨宮リカが視線を逸らした。

「三年前、婚約していた医師が自宅の火事で亡くなりました。それからは、とてもそんな気になれなくて……」

大矢副院長も独身なんだよ、と刈谷先生が私の肩を叩いた。婦長が諦めたように苦笑を浮かべている。

腕時計に目をやると、もう六時近かった。十分でしょうとうなずくと、ご苦労様でした、と婦長がドアを開けた。

「週明けに結果を連絡します。電話は……この番号ですね？」

携帯です、と雨宮リカがスーツの内ポケットから小型の携帯電話を取り出した。最近発売されたばかりの新商品で、私もコマーシャルを見たことがあった。

よろしくお願いしますと頭を下げて、雨宮リカが出て行った。終わった終わった、と刈谷先生が大きく伸びをした。

「やれやれ、最後にとんでもないのが来ましたね。内田前理事長の推薦となると、ノーとは言えないんじゃないですか」

そうかもしれません、と私はうなずいた。数年前、公的な立場から身を引いているが、未だに発言力は大きい人物だ。採用するにせよしないにせよ、取り扱いには注意が必要だろう。

ちょっとあれですね、と博子先生が眉を顰(ひそ)めた。

「つまり……いい人だと思うんですけど、何ていうか、ちょっと……」

少し臭いましたね、と刈谷先生がにやにや笑いながら言った。わたしたちもそう思ってました、と二人の副婦長がうなずいた。

実は、私もそうだった。彼女が入室した時から、かすかな異臭を感じていた。

たぶん腋臭だと思いますけど、と博子先生が声を低くした。

「それとも、体質的に体臭が強いのか……不快とは言いませんけど、患者さんたちがどう思うか、そこは気になりますね」

それを理由に不採用とは言えないだろう、と刈谷先生が腰に手を当てて立ち上がった。

「腋臭にしても体臭にしても、本人の責任じゃない。持病のようなものだからね。本人も自覚してるんじゃないかな。かなり香水を使っていたみたいだ」

だから余計に臭った、と私はため息をついた。違うタイプの臭いが混じり合うことで、より異臭が際立ったということだろうか。

「最終的な判断は副院長にお願いしますが」わたくしの方で一度検討します、と婦長が言った。「明日の昼にでも、相談させていただけますでしょうか。それと、他の先生方の意見も伺っておきたいのですが」

副院長にお任せしますよ、と刈谷先生が窓の外に目をやった。待っている息子と東京ドームへ行きたいのだろう。

他の四人に顔を向けると、全員が同じタイミングでうなずいた。全権委任ということらしい。

何かあれば明日の午前中までに婦長に伝えてくださいと言って、私は席を立った。婦長を含めた六人が、お疲れさまでしたと揃って頭を下げた。

2

一度副院長室に戻り、白衣を脱いで椅子の背に掛けた。疲れた、と無意識のうちにつぶやきが漏れた。

仕事にではない。人間関係の煩(わずら)わしさがストレスになっていた。だが、それはどうにもならないことだった。

私立栄応(えいおう)医大を卒業し、医師になったのはちょうど九年前だ。誰でもそうであるように、研修医として三年近く働き、その後栄応医大病院に勤めるようになったが、二年半前、叔父の花山大次郎の世話で、ロサンゼルスへ留学することになった。三十二歳の時だ。

叔父には子供がいなかった。そのため、いずれ花山病院を甥である私に譲ると常々言っていた。

叔父は私の母の弟で、関係は近い。他に医師になった親戚もいなかった。個人病院の院長が子供や親族に病院を譲るのは、珍しいことではない。

ただ、どんな職業でもそうだろうが、医師にとって何よりも必要なのは経験だ。二十五歳で医師免許を取得していたが、半人前とさえ言えない医者の卵に過ぎなかった私に病院を任せようとは、叔父も考えていなかったし、私自身も同じだった。

研修医として二年半、大学病院に勤務して三年半、トータル六年間の経験では、医師としてようやくスタートラインに立ったぐらいの感覚しかない。

三十過ぎの若い医者に命を預けるのは、患者も不安だろう。ロスへの留学を叔父が勧めたのは、経験値を上げるための方策だった。

幸い、叔父は元気だったし、医師としての技術にも衰えはなかった。もともと外科専門の町医者だった花山医院を内科と小児科を併設する規模の病院に大きくしたのは、医師としての腕はもちろんだが、叔父の人間性によるものだった。

どんな患者にも真摯に向き合い、熱心に治療するその姿勢に多くの患者が絶大な信頼を寄せていた。甥の私から見ても、尊敬できる医師だった。

私は十歳の時、父を交通事故で亡くしている。だが、寂しさを感じたことはほとんどない。父親代わりとして、叔父がいてくれたからだ。

入学式、運動会、父兄参観、卒業式、その他すべての学校行事に叔父は出席し、休日には動物園、遊園地、美術館、旅行、どこへでも連れていってくれた。

姉の息子とはいえ、あそこまで可愛がってくれる叔父がいたことは、私にとって大きな幸運だった。栄応医大の学費、ロスへの留学、すべての面倒を見てくれたのも叔父だ。

「七十五まで現役の医者でいる」ロスへの留学を前に、叔父は私に言った。「三年、勉強してこい。日本に戻ったら、花山病院で働けばいい。昌史が四十になったら、後のことは任せる」

三十二歳になった翌月、私はロスへ向かい、現地の病院で働くことになった。予定は三年間だったが、去年の暮れに叔父が倒れたことで、状況が大きく変わった。

医者の不養生という言葉があるが、まさに叔父もそうだった。予兆があったにもかかわらず、無視して働き続けた。脳梗塞で倒れたのは、無理がたたったためだ。

自宅で倒れたのが不運だった。叔父の妻は十年前に他界しており、一人暮らしだったから、発見が遅れた。

そのため叔父は左半身不随となり、不自由な暮らしを強いられることとなった。医師としてはもちろん、院長としても再起不能なのは、誰の目から見ても明らかだった。

ロスにいた私にも連絡が入り、すぐ帰国した。親族会議、病院の医師、看護婦、職員を含めた話し合い、弁護士や税理士との相談がひと月以上続き、その結論として私が花山病院の副院長になるのがベストだ、ということになった。

三十四歳では若すぎると何度も断わったが、その方が混乱がないという全員の意見に従う形で、今年の二月一日、私は花山病院の副院長兼外科部主任となった。

いずれは私が花山病院を継ぐことになるのは、ある意味で決まった話だったが、四十歳がひとつの目処(めど)だ、と自分では考えていた。それまでは医師として経験を積み、技術を修得することに専念すればいい。

私は人の上に立つタイプではないし、責任のある立場になりたいと思ったこともなかった。その辺りの性格は、私たちの世代に共通するところではないか。

叔父の代わりに副院長として立つことを拒んだのは、花山病院に勤めている三人の医師のうち、二人が私より年上だという理由もあった。医師だけではなく、小山内婦長をはじめ勤続二十年以上の看護婦も十人近くいた。

彼ら彼女らが叔父を心から尊敬していたことを、私は知っていた。叔父にはそれだけの人徳があった。

彼らにしてみれば、私は単に院長の甥というだけの存在に過ぎない。しかも三十四歳で、経験も浅く、医師としての技術も優れていると言えない。そんな人間の下で働くことを良しとする者など、いるはずがなかった。

この五カ月、周囲に気を遣い続けていた。予想したより反感は買わなかったが、いつまでこんなことを続けていかなければならないのだろう。

ひとつ頭を振って、ロッカーからジャケットを取り出し、袖に腕を通した。とにかく今日は終わった。ここからは私の時間だ。

デスクの電話でタクシーを呼んだ。煙草を一本吸ってから、私は副院長室を後にした。

3

お疲れさま、と真由美(まゆみ)が食前酒のキールが注がれているグラスを掲げた。乾杯、とグラスを合わせると、澄んだ音がした。

夜八時、私は婚約者の佐藤真由美と西麻布のアースパッツァというイタリアンレストランでディナーのテーブルについていた。

グリッシーニという細長いイタリアンブレッドを栗鼠(りす)のように齧(かじ)りながら、本当に疲れたと真由美が苦笑を浮かべた。

ショートボブにセットされたヘアスタイル、理知的だが、どこか幼さの残る目、私がプレゼントしたパールのイヤリングが照明を反射して光っていた。

「研修医はそういうものだって言ったろ？　あと一年の辛抱だよ」

大矢センセイはそうおっしゃいますけど、と真由美がグラスのキールを一気に半分ほど飲んだ。

「あたしも医者の娘ですからね。研修医が大変だっていうのは、耳にタコでわかってたつもり。でも、こんなに忙しいとは思ってなかった」

二十六歳になったばかりの真由美は、私と同じ栄応医大の卒業生だ。九歳下の彼女と知り合ったのは、今から四年前、大学時代に入っていたテニスサークルのＯＢ会だった。

名称こそＯＢ会だが、在校生もほとんどが出席する。真由美はその時二十二歳で、大学四年生だった。

私は栄応医大病院で働く新米医師で、その日はたまたま休みだったので、ＯＢ会に顔を出していた。

座ったテーブルの隣にいたのが真由美で、大学では会っていないから、その時が初対面のはずだったが、何となく見覚えがあるような気がした。

彼女の方も同じだったらしく、お互いちらちらと顔を見ていたが、言葉は交わさなかった。

どこかで会っていないかと声をかけても良かったのだが、陳腐なナンパのようで気が引けた。そうこうしているうちに、兄がいますと向き直った真由美が言った。

「佐藤俊彦（としひこ）といって、世田谷の大倉高校の――」

トシの妹か、と思わず私は手を叩いた。佐藤俊彦は高校時代の親友で、創稲（そうとう）大学の経済学部を卒業後、貿易関係の会社で働いていたが、年に何度か会って飲む仲だ。

覚えてるよ、と大きくうなずいた。

「トシの家に遊びに行った時、君と話したことがあったね」

やっぱり、と真由美が同じように手を叩いて笑った。それが始まりだった。

トシの家に遊びに行っていたのは高校の頃で、十八歳の私にとって、九歳下の女の子は親友の妹というだけの存在に過ぎなかった。

話したといっても、高校生と小学生に共通の話題などあるはずもないから、挨拶をしたぐらいで、女性として意識したわけではない。

それは真由美も同じはずで、兄の友達のニキビ面がまた来てる、ぐらいの感覚だったろう。九歳の小学生と十八歳の高校生は、まったく違う世界の住人と言っていい。お互いに覚えていなかったのは当然だ。

だが、十数年の月日を経て再会すると、真由美はすっかり大人になっていた。そして、何より美しかった。

小学生の頃は思いきり髪を短く切っていたし、短パンにTシャツという男の子のような姿だったが、OB会の会場では、魅力的な大人の女性として、私の隣に座っている。奇妙な感覚だった。

その日は連絡先を交換しただけだったが、翌日の朝、私は彼女に電話を入れていた。医大生は一般の大学生より忙しいものだが、不思議なくらいすんなりと次の休日に会うことが決まった。

私は身長一七五センチ足らずで、とりたてて背が高いというわけでもないし、ルックスも十人並みだ。

左四十五度から見ると映画『スター・ウォーズ』の主人公に似ていると言われたこともあったが、一ミリでもずれてしまえば顎先がやや尖っているだけの、どこにでもいる男に過ぎない。高校、大学を通じて、特に女子から人気があったわけでもない。

もちろん、医師という職業のアドバンテージはあったが、所詮大学病院の勤務医だ。しかも九歳も年齢が離れている。どうして真由美がデートに応じてくれたのか、それは今も謎のままだ。

ただ、私たちの関係が順調に進んでいったのは確かだった。医師と医大生ということもあったのだろう、年齢差に関係なく話が合うのは、最初のデートでわかった。

映画と音楽が共通の趣味で、休みが合えば映画館やコンサートに通ったものだ。その頃私は一人暮らしをしていたが、付き合って数カ月後には半同棲状態になっていた。

だが、今から二年半前、私のロサンゼルス留学が決まった。話自体は以前からあったのだが、真由美には伝えていなかった。

本当に決まるかどうかわからなかったこともあったが、それならもう付き合えない、と言われるのが怖かった。それほど私にとって真由美は重要な存在になっていた。

ロスへ行くひと月前、私は真由美に留学について打ち明け、その期間が三年の予定だと話した。

単なる遠距離恋愛とは違う。海を越えた超遠距離恋愛など続くはずもない。別れると言われるだろう、と思っていた。

だが、真由美は待っていると言った。その時、彼女は医大の五年生で、翌年度の三月に卒業することになっていた。その後、少なくとも二年間、研修医として実地で学ばなければならない。

私も経験していたが、その間はハードな毎日が続く。新しい彼氏を見つける暇なんてない、と真由美が笑った。

「それに、あなた以上の人なんて、いるはずないし」

私たちは交際を続けると決めた。確かに超遠距離恋愛だが、絶対に会えないということでもない。

エアメール、国際電話、普及し始めていたパソコンによるメールなど、連絡手段もある。

ひと月後、真由美に見送られて、私は成田からロスへ旅立った。その後、毎日のように電話で連絡を取り合い、大学が夏休みに入るとすぐに真由美がロスへ来て、二カ月近く一緒にいた。いくら医大生が忙しいといっても、それぐらいの時間は自由になった。

予定を繰り上げて二年で帰国することになった去年の暮れ、空港に出迎えてくれたのも真由美だった。

あれから半年が経っている。その間にお互いの家に正式な挨拶を済ませ、五月の終わりに両家の顔合わせがあり、私たちの婚約が決まった。結納は七月の予定で、来年夏の結婚に向けて、周囲は動き出していた。

ただ、最近はそれどころではなくなっていた。研修医として働くようになっていた真由美が忙し過ぎて、デートする時間さえろくに取れないのが実際のところだ。

日本の場合、研修医は一勤一休、二十四時間働いて二十四時間休むというシフトが多い。簡単に言うが、仮眠を挟んでいるとはいえ、いつ患者が来るかわからない緊張状態の中では、心身ともにゆっくり休むことなどできない。

経験もないから、何をどうしていいかもわからない。緊急処置を研修医に丸投げする病院もある。

しかも、他の医者が研修医に対して手取り足取り指導することもない。これは仕方のない話で、彼らにもそんな余裕はないのだ。

休日はただ寝ているだけ、というのが研修医の実態だったし、真由美も例外ではなかった。二十六歳とまだ若いが、疲れてしまうのはどうしようもない。

だが、今日明日と真由美は二日間休みだった。久しぶりの本格的なデートということもあり、私はイタリアンの名店アースパッツァの予約を取った。この後は六本木のシティホテルに泊まることになっていた。

前菜の鮮魚のカルパッチョをフォークでつつきながら、真由美がひとしきり愚痴を並べたが、今日はこれぐらいにしておく、と私の手を握った。

「ゴメンね、せっかくのデートなのに。会っていきなり、疲れた、もう嫌だとか、そんな話聞きたくないよね」

医者同士でよかった、と私は真由美の手を握り返した。

「他の仕事をしている人には、伝わりにくいからね。研修医時代にいい思い出を持ってる奴なんか、一人もいないよ。愚痴があるなら、全部吐き出せばいい。何でも聞くよ」

もう大丈夫、と真由美が運ばれてきた桃の冷製パスタをフォークに絡めた。

「こんなの、昔はなかったよね。パスタと桃なんて、誰が考えたんだろ……でも、美味しい」

私が大学生だった頃は、パスタという単語さえなかった。スパゲッティと呼んでいたし、種類もナポリタンとミートソースだけだった。世の中が大きく変わっているという実感があった。

栄応医大は渋谷に本校舎があるが、一、二年生は麻布十番校に通う。そのため、私たちは麻布近辺から六本木辺りをテリトリーにしていた。

約十年の間に新店が次々にオープンし、昔はなかったエスニック料理の店や、ロシア料理、トルコ料理、その他聞いたこともないような国のレストランが数を増やしていた。

数年前のカフェバー、そしてプールバーブームを経て、遊ぶための店も多くなっている。

今後、ますます日本は繁栄していくと誰もが信じて疑わなかった。

今日、新しい看護婦の面接をしたんだ、と私は話題を変えた。

「君にも紹介しただろ？　オッカナイ婦長が、人を増やせってうるさいんだ」

小山内婦長ね、と真由美が明るい声で笑った。

「あのオバサン、昔の軍人みたいだよね。違うか、サムライ？　さようでございますとか、そのようなことはなりませぬとか、そんなこと言いそう。あの人に言われたら、駄目とは言えないよね」
　どんな人が来たのと聞かれ、普通だよと答えた。
「どんなって言われても、何とも言えない。五人と面接したけど、長く話したわけじゃない
し、誰を採用するかも決まってないんだ。性格もわからないよ。オッカナイ婦長が選ぶこと
になってるから、ぼくとしてはうなずくだけさ」
　若い人はいるの、と真由美が睨むふりをした。おいおい、と私は手を伸ばして彼女の肩を
突いた。
「そんなこと気にしてるのか？　勘弁してくれよ、ぼくがその辺の医者みたいに看護婦と浮
気すると？　そんなわけないだろ」
　心配は心配ですな、と真由美がわざと男のように言った。
「あたしは研修医だし、嫌なものは嫌だって言える性格だからいいけど、女医はみんな苦労
してるのよ。ホント、男の医者ってバカしかいないんじゃないかって思う。エリート意識が
強すぎるのかな。誘えば誰でもついてくると思ってるみたい」
　そんなことはないと首を振った私に、ありますよ、と真由美がナイフを摑んだ。
「看護婦の立場はもっと弱い。医者に何か言われたら逆らえないし……看護婦の側に問題が
あるのも本当だけどね。医者と結婚できたら、それこそ玉(たま)の輿(こし)でしょ？　あなただって狙わ

れてるの。気をつけてよ」

　ぼくは君と婚約している、と真由美の左の薬指をなぞるように触れた。

「七月には結納を交わすんだ。婚約指輪も予約済みだし、婦長や病院で親しくしている何人かには話してある。狙われるも何もないよ」

　看護婦は婦長と副婦長二人だけにしか話していなかったが、刈谷先生と柏手先生には、真由美について多少詳しく伝えていた。

　それもまた配慮であり、他の病院の医師から私と真由美のことを聞くようなことがあると、気を悪くするかもしれないと考えたからだ。

　二人ともおめでとうございますと言ってくれたが、美人なんでしょうねと刈谷先生が冷やかし、柏手先生も珍しく会話に加わり、結局写真を見せることになった。照れ臭かったが、男同士の付き合いにはそういうこともあるだろう。

「そうは言っても、気になるものは気になるの」若い看護婦も面接に来たんでしょ、と真由美が言った。「美人？　可愛い？　はっきりとお答えください」

　二十五歳の看護婦がいた、と私はうなずいた。

「一般的には可愛いタイプになるんだろうな……待て、まずナイフを置いてくれ」

　続けて、とナイフを構えたまま真由美が頬にえくぼを浮かべた。

「そういうタイプが苦手なのは知ってるだろ？　センセー、とか甘えた声で呼ばれるのが、ぼくは一番嫌いなんだ」

「他の四人は？」

よく覚えてない、と私は手を振った。

「確か、二十八歳と三十三歳、あとは何歳だったかな。そうだ、二十八歳の人が腋臭持ちでね。もちろん、そんなこと、本人の前では言えないよ。君もわかると思うけど、医師や看護婦は理解があるから気にしない。体質だし、正確に言えば病気だ。本人の責任じゃない。ただ、患者がどう思うか、それはまだわからないけど」

「そんなに臭うの？」

まあそうだね、と私は答えた。ある程度のスペースがあれば、それほど気にならないだろう。

だが、例えば狭いエレベーターに二人だけで乗るようなことがあれば、鼻から息を吸うのを止めざるを得ないレベルかもしれない。

「たぶんだけど、何か大きな病気をしたことがあるんじゃないかな。顔色も良くないし、腋臭もそのせいかもしれない。これはただの勘で、当たっているかどうかわからないけど――」

背は高いの、と真由美が尋ねた。いつからエスパーになったんだ、と私は彼女の顔を見つめた。

「一七〇ぐらいじゃないかな？　女性としては高い方だろう。でも、どうしてそう思ったんだ？」

聞いたことがあるの、と真由美が空になった皿を横にずらした。

「体臭が強くて、顔色の悪い背の高い看護婦がいるって。彼女が勤務する病院で何人も入院患者が死んだとか、そんな話よ」

本当かと尋ねた私に、悪趣味な冗談よと真由美が笑った。

「新人研修医のあたしを脅かすために作った〝病院の怪談〟。それに、この話を教えてくれたのは十歳上のドクターで、彼が研修医だった頃、そんな噂を聞いたと言ってた。その看護婦は二十八歳なんでしょ？」

八年前、二十歳の時、青美看護学校を出たと話していたと私はうなずいた。

「十歳上の医者が研修医だった頃って、要するに十年くらい前だろう。腋臭で顔色が悪い背の高い看護婦なんて、他にもいるんじゃないか？　大体、入院患者が何人も死んでいたら、新聞に載ってもおかしくない。君の言う通り、悪い冗談だな」

病院に怪談話は付き物で、首がない少女が歩き回ったり、誰もいない病室からナースコールが鳴り続けたり、そんなことが毎晩のように起きると先輩の医師たちは研修医を脅かすものだ。

罪のない暇つぶしだし、退屈しのぎにもなる。ある種の伝統と言ってもいい。真由美が聞いた話も、その類なのだろう。

「まさか、採用するの？」ナイフを置いた真由美が首を傾(かし)げた。「こんなこと言ったらあれかもしれないけど、看護婦としての適性に欠けるんじゃない？　本人の責任じゃないのは、もちろんその通りよ。でも、患者と接する機会が多い看護婦が不快感を与えるようだと、仕事にならないと思うけど」

そこまでじゃないんだ、と私は白ワインをひと口飲んだ。

「大袈裟に言い過ぎたかな。電車に乗っていて、隣に腋臭の人が座っていたら、ちょっと困るだろ？　でも、それぐらいで席を立ったりはしない。彼女もそんな感じなんだよ。採用するかどうかはまだ決めていないけど、慶葉病院の内田前理事長の推薦状もあるから、採(と)ることになるんじゃないかな」

すごい、と真由美が目を丸くした。

「あんな大物の名前を出されたんじゃや、断われないよね……その人は内田前理事長の親戚とか？　あたしのことも、どこかに推薦してほしいんですけど」

　君は実家のクリニックを継ぐんだからその必要はないだろうと言った時、黒服のウェイターが現れて、メインディッシュの羊の香草ローストでございますと恭(うやうや)しく頭を下げた。

　ミディアムレアにローストした肉がきれいにカットされている。ピンク色の断面が食欲をそそった。

「この後、デザートとコーヒーでコースは終わりますが、食後に何かお飲みになりますか」

　グラッパをと言った私に、真由美がうなずいた。まだ夜は長い。楽しむ時間は十分にある。

　羊のローストをひと口食べてみると、信じられないほど柔らかかった。香草の香りがワインとよく合った。

「……青美って、ずいぶん前に潰れたんじゃなかったっけ」

　顔を上げると、真由美がナイフとフォークを宙で止めていた。さあ、と私は首を振った。

　昔からある看護学校だが、看護婦になるための専門学校だから、私たち医師には関係ない。

　看護学校の数は意外と多い。気にしたこともなかった。

「確かそうだったはず。潰れたんじゃなかったかな……火事があって、それで廃校になったんだっけ？　ゴメン、あたしも詳しいわけじゃないから」

　メインに続いて出たデザート、胡麻(ごま)のアイスクリームとマスカットのタルトは絶品だった。

　二杯のグラッパとコーヒーを飲み、店を出たのは夜十一時過ぎだった。

4

翌日、土曜の朝、私は六本木のシティホテルから直接花山病院に出勤した。定時の八時を五分ほど過ぎていたが、それぐらいは許されるだろう。

一階の奥にある副院長室に向かうと、ドアの前で婦長が立っていた。小柄な彼女が顔を上げ、おはようございますと挨拶した。

入ってください、と慌てて私は副院長室の鍵を開けた。

「何かありましたか？」

昨日の面接の件です、と婦長がデスクに座った私の前に履歴書を並べた。

右の二人には丸印、左の二人には×印がついている。真ん中の一枚には、何も印がなかった。

「昼までに決めればいいと思っていましたが、五人でしたから、それほど時間はかかりませんでした。本人の経験、当院への適性その他を勘案して、一応このような形でまとめました。もちろん、最終決定は副院長に判断していただきますが」

特に問題ないと思います、と私は丸印のついた二人の顔写真を見た。どちらも、採るならこの二人だと思っていた。

面接をした三人の医師、二人の副婦長のメモもついていたが、判で押したように同じだった。

彼女はどうするつもりですか、と私は真ん中の履歴書を取り上げた。雨宮リカの名前があった。

個人的な意見ですが、と婦長が口を開いた。

「彼女の採用は見送るべきだと思います」

経歴は問題ないと思いますが、と私は言った。

「大学病院、個人病院でも勤務経験がありますし、年齢も二十八歳ですから、扱いにくいということもないでしょう」

副院長は採用するおつもりですか、と婦長が体を傾けた。決めているわけではありませんが、と私は首を振った。

「ただ、内田前理事長のお墨付きですからね……体臭のことを気にされているんですか？しかし、それを理由に採用できないとは言えないでしょう」

そんなことではありません、と婦長が強く首を振った。

「何の根拠もありませんが、どう言えばいいのか……採用するべきではないと思うんです」

小山内婦長のことは、子供の頃から知っている。家が近かったこともあり、小学生の時から花山病院は私の遊び場だった。

相手をしてくれた看護婦の一人が小山内婦長だ。仕事熱心で、理性で物事を判断できる人だと子供心に思っていたが、それは今も変わっていない。

だが、今日は違った。感情的になっているし、理屈も何もない。全身の毛が逆立っているようだ。怯(おび)えているようにさえ見えた。

「直感ですか？」

そうです、と婦長がデスクから離れた。

「副院長や他の先生方は、彼女から少し距離がありましたから、おわかりにならなかったと思いますが、あの人の周りだけ温度が低いような、そんな感じがしたんです。そんなことあるはずないのはわかっています。わたくしの勝手な思い込みなんでしょう。でも、感じたんです」

思い込みかどうかは別として、と私は窓に目を向けた。昨日までの雨がようやく上がり、初夏の太陽が辺りを眩(まぶ)しく照らしていた。

副院長の立場はわかるつもりです、と婦長が静かに言った。

「内田前理事長の推薦ですから、下手な断わり方をすれば、当院と慶葉病院との間でトラブルが起きるかもしれません。好ましくないとお考えになるのは、その通りだと思います」

婦長が言うように、内田前理事長の推薦というのは重要な要素だった。

一年前、叔父が花山病院の隣にあった空き地を買い取り、新たに美容整形外科を開くことが決まっていた。既に建物は完成している。

ただ、叔父が倒れたことで、肝心な医師の手配が遅れていた。看護婦は条件次第で揃えることもできるが、医師はそう簡単にいかない。叔父が健在なら、コネクションもあったのだが、今となってはそれも難しい。

そうなると、大学病院に紹介を頼むしかないが、慶葉も有力な候補のひとつだった。できれば内田前理事長の機嫌を損ねたくない、という思いがあった。

何でもあり、ということではない。たとえ厚生大臣や日本医師会会長の推薦があったとしても、断わらざるを得ない場合もあるだろう。

だが、雨宮リカはどうなのか。婦長の直感だけを根拠に断わるというのは、違和感があった。

「昼まで待ちますから、もう一度検討してもらえますか」デスクの履歴書をまとめて、婦長に返した。「再考して、それでもというなら、ぼくも考えます。週明けに合否の返答をすると昨日は言ってましたが、多少遅くなっても問題ないでしょう。何でしたら、月曜でも構いませんが」

それでは少し考えてみますと言って、婦長が出て行った。

きっかり一分後、ノックの音が響き、刈谷先生が入ってきた。私と婦長の話が終わるのを待っていたようだ。

おはようございますと陽気に挨拶した刈谷先生が、持っていた缶コーヒーを差し出した。すいませんと言うと、とんでもないと自分の缶コーヒーのプルトップを開けた。

医師としての経験が足りない私にとって、患者の診察はもちろんだが、人間関係のプレッシャーの方が強かった。同じ外科部の柏手先生をはじめ、ベテラン看護婦もいる。正直なところ、やりにくかった。

常にストレスがあったが、それを軽減してくれたのは刈谷先生だった。私より九歳上だが、いい意味での人柄の軽さと親しみやすさがあり、年齢差を感じずに付き合うことができた。

「婦長、何ですって？」

簡単に採用の件を話すと、らしくないなあと笑みを浮かべた。

「何となく虫が好かないってことじゃないですか？　雨宮リカでしたっけ、彼女はしっかりしてそうでしたからね。自分の意見もありそうだし、婦長としてはやりにくいと思ったんでしょう。そうは言っても、水戸黄門の印籠を持ってますからね」

印籠というのは、内田前理事長の推薦状のことだ。副院長としては、どっしり構えていればいいんじゃないですか、と刈谷先生が私の肩を強く叩いた。

「看護婦のことは、我々もアンタッチャブルなところがありますからね。最終的には婦長が決めればいいんですよ」

そうですね、と私は缶コーヒーに口をつけた。独特の甘ったるい味がした。

そんなことより、と刈谷先生が顔を近づけた。

「株の方はどうです？　儲かってまっか？」

ぼちぼちでんな、と関西弁で返すと、結構結構と刈谷先生が大声で笑った。

二年半前、ロスへ留学する前から、何となく景気が良くなっている気配があった。株価や土地の価格が連日のように上がり続けていると新聞やテレビのニュースで話題になっていたのは、病院に勤務していた私も時々見ていた。

ただ、直接の関係はないと思っていた。理系出身で経済に弱いということもあったが、株の売買に興味も関心もなかったからだ。不動産については言うまでもない。

ロスに渡ってからは、日本の経済がどうなっているか、知る術さえなかった。アメリカ人の医師たちが、ジャパンが凄いことになってるぞと教えてくれたが、それも他人事だった。

帰国してからも、浦島太郎状態が長く続いた。いきなり叔父に代わって副院長という立場になり、病院と仕事のことで頭が一杯だった。余裕ができたのは、ほんの二、三カ月前だ。

刈谷先生に株を勧められたのは、ちょうどその頃だった。実は、以前とは違い、私も興味を持つようになっていた。

帰国した時、高校や大学の友人たちが、私のためにささやかな会を開いてくれたが、誰もが高級なブランド物の服を着こなし、株の話をしていた。

何もしていないと私が言うと、気の利いたチンパンジーでも儲けられるんだぞと笑われたことがあり、それ以来頭のどこかで気にしていたのだ。

四月のはじめ、刈谷先生がミナト証券という証券会社の野島という課長を紹介してくれた。私は病院の副院長なので、優良顧客という扱いを受けた。

野島課長に教わる形で、とりあえず試しにいくつかの株を百株単位で買ってみた。真由美との結婚も決まっていたから、多少でも利益が出ればと思ったことも株を始めた理由のひとつだった。

マイナスになるようならすぐに止めるつもりだったが、それどころではなかった。私は医師だから、一般のサラリーマンより多少給料は高いが、それ以上の利益が出ていた。誰もが株をやっている理由がわかったような気がした。

あれから二カ月が経った。今では毎日、朝、昼、夕方と野島課長と連絡を取り合い、二十以上の銘柄を動かすようになっていた。

証券会社だけではなく、銀行からも担当者が日参していた。一年前、叔父が購入した土地の代金、病棟の建設費はほとんどが銀行からの借金だったが、追加の融資をさせてください、と頭を下げてくる。

いったいどうなってるんでしょうと尋ねると、時代が変わったんですよと刈谷先生が笑った。そう考えるしかないようだった。

5

少し考えてみますと言っていたが、婦長が副院長室のドアをノックしたのは夕方四時だった。即断即決即実行がモットーの婦長にしては珍しいことだ。

三名を仮採用したいと思います、と婦長が名簿を差し出した。相川美奈子(あいかわみなこ)、工藤有喜(くどうゆき)、そして雨宮リカの名前があった。

よほど考えあぐねたのか、雨宮リカの名前の欄には○と△と×印が何度も書いてあり、上から赤い斜線が引かれていた。

あくまでも仮採用です、と婦長が言った。

「試用期間三カ月、その間に問題がなければ本採用とします。この条件で本人の了解が取れましたら、手続きを進めていくつもりですが、よろしいでしょうか」

よろしいんじゃないですか、と私はわざと軽い調子で答えた。

「いろいろ考えていただいて、ご苦労様でした。ぼくの方は問題ありません」

「それでは院長先生のご了解をいただきたいので、お願いできますか？」

ため息をついて、私は立ち上がった。半身不随でも花山病院の院長は叔父だ。院長の了解がなければ何も進まない。

花山病院は地上四階、地下一階建てだ。一階は受付と各科の診察室、二階にナースステーションがある。

処置室、X線撮影室、手術室は三階だ。そして二階から四階までは入院患者の病室が併設されている。

二階は六人部屋、三階は四人部屋、四階は二人部屋と個室だ。叔父が入っているのは四階で最も広い特別個室だった。

エレベーターは二基ある。ボタンを押して一分ほど待つと、青い扉が開いた。

四階までは一分以上かかる。病院のエレベーターが遅いのはどこでもそうだが、たまにいらいらする時もあった。

婦長と並んで通路を進んだ。特別個室は一番奥だ。

ノックをすると、呻くような返事があった。ドアを開けた婦長が、お具合いかがでしょうかと声をかけた。

ベッドの上に、細い枯れ木が載っていた。そう表現するしかないほど、叔父の体は痩せ衰えていた。

脳梗塞の発作で倒れた叔父は処置が遅れたため、半身不随になっていた。車椅子がなければ移動できないし、一人で起き上がることさえ難しかった。

一カ月前から、右半身にも麻痺が始まっている。手を動かすのもかなり不自由そうだ。

だが、落ち窪んだ眼窩の奥で光っている目は鋭かった。

「……ナんのヨうダ」

唇がかすかに動き、不快な口臭と涎と共に、言葉が吐き出された。それだけを言うために、たっぷり一分がかかっていた。

叔父のために看護婦を常駐させていたが、席を外しているようだ。吸い飲みを口に近づけた婦長が水を飲ませた。

「以前お話ししました通り、新しい看護婦を採用することになりました。面接を終えましたが、こちらの三名を仮採用したいと考えています。院長のご意見をお聞かせいただけますでしょうか」

淀みない口調で言った婦長が、看護婦の履歴書を叔父の顔に近づけた。叔父のような患者の扱いに慣れているのは、私もよく知っていた。

「……オまエ、マサふみ……ドウなんダ」

叔父が私の名前を呼んだ。婦長が言った通りです、と私はうなずいた。

「ぼくも面接しましたが、この三人でいいと思います。叔父さんさえよければ――」

悲鳴とも怒号ともつかない叫びが、病室に響き渡った。叔父の顔が真っ赤になっていた。

「インチョウとヨベ！」

はっきりした声だった。右半身が激しく震えている。

すいません、と慌てて頭を下げた。落ち着いてください、と婦長が叔父の左手を握った。

病気は恐ろしい、と私は目を伏せた。

叔父は壊れてしまった。そして、二度と元には戻らない。

二年半前、ロスへの留学が決まった時、叔父に会いに行った。留学自体、叔父の発案だったし、金銭面の援助、ロスでの勤務先、すべての手配をしてくれたのも叔父だ。

私に経験を積ませることだけを願っていた叔父には、感謝の気持ちしかない。日本を離れる前に、それを伝えたかった。

日曜日だった。中野駅で待ち合わせ、叔父が好きなステーキハウスに行った。六十七歳という年齢だが、健啖家（けんたんか）ぶりは若い時と変わらず、特に肉料理には目がない人だった。感謝の言葉を口にしようとしたが、その必要はないとわかった。すべてを叔父は理解していた。

食事を終えてから叔父の家へ行き、遅くまでビールを飲みながら思い出話を語り合った。叔父はずっと笑顔だった。

今振り返っても、頭に浮かんでくるのは笑っている叔父の姿しかない。怒ったところを見たことはなかったし、不快そうな表情さえ記憶にない。医師としても優秀だったが、誰に対しても親切で、世話好きな人だった。

叔父は常に私を見守っていた。父を亡くしてからは、叔父を父親代わりに育った。

叔父のような大人になりたいと思ったし、医師を志したのもそのためだ。叔父ほどの医師にはなれないとわかっていたが、それが恩に報いる唯一の道だと信じていた。今もその気持ちは変わっていない。

叔父が脳梗塞で倒れたという連絡を受け、その日のうちに東京行きの飛行機に飛び乗った。叔父の体が心配だったし、母を除けば私が一番近い身内だ。私が行くことで、叔父を元気づけられると思っていた。

だが、叔父は私の顔を見るなり、この恩知らずが、と廻らない舌で罵った。それはまるで呪詛だった。呪いの言葉をぶつけられ、体が固まったことを、昨日のことのように覚えている。

お前のせいでこんなことになった、と叔父はいつまでも同じことを繰り返した。私だけではなく、誰に対しても同じだと後になって聞いた。

脳梗塞は叔父の体からあらゆる自由を奪っていたが、思考力そのものにダメージはほとんどなかった。

ただし、まったくではない。あれほど優しかった人が、異常なまでに感情を剝き出しにして怒り、罵り、誰に対しても不信の目を向けるようになっていた。

その正体は叔父の中にある怯えだと、医師である私にはわかっていた。

多かれ少なかれ、高齢者にはその傾向がある。肉体の衰えがある種の被害妄想に転化し、危害を加えられるのではないかと常に緊張してしまう。その怯えが怒りに変わるのは、よくあることだった。

何十年間も叔父は医師として働いてきた。自分の生活を顧みることなく、患者に向き合い、すべてを捧げてきた。献身的とは、まさに叔父のためにある言葉だ。

にもかかわらず、叔父を待っていたのは、会話さえままならない不自由な体での暮らしだった。

これほど理不尽で皮肉な話はない。何もかもを憎み、呪い、恨むようになったのは無理もないだろう。

ただ、認知機能に損傷がないことが、余計に事態を複雑なものにしていた。

叔父は七十歳で、普通の会社員ならとっくに定年退職している年齢だ。甥の昌史が帰ってきてしばらくしたら、病院のことは任せて、少し楽をしたいと本人も周囲に話していたし、私自身もそう聞いていた。

だが、倒れてからの叔父は、花山病院と院長職に強く執着するようになっていた。医師として患者を診ることができないのはやむを得ないが、経営は自分が見ると言って聞かなかった。

それもまた被害妄想で、私に病院を乗っ取られると考えているようだった。

もちろん、そんなつもりはなかった。私は自分が経営者に向いていないと知っていたし、まったく興味もない。副院長になったのも、それ以外混乱を防ぐ方法がないと周囲から説得されたからだ。

春先までは、長い時間をかけて話すと、叔父もある程度納得してくれたが、五月に入ると誰が何を言っても聞き入れることはなくなっていた。

病院は誰にも渡さんと叫び、罵詈雑言を浴びせかけてくるだけだ。強度の被害妄想に陥っているのは明らかだった。

花山病院の全権を握っているのは、今も叔父であり、本人もそのつもりだった。意に反したことを言えば、怒って手がつけられなくなる。

とにかく機嫌を取り、なだめすかすしか手はなかった。この一カ月ほどは、そんな日々が続いていた。

「……オマえニ、ビョうイん、ヲまカセるベキでハナかった……」

ゆっくりと叔父が言葉を吐いた。何を言っても無駄だとわかっていたので、黙っているしかなかった。

「……カッてニシろ」婦長の差し出した履歴書に、叔父が震える右手の指を伸ばした。「ダガ、おまエラノすキにはさセン。コノビョウぃんはわシノもノだ。ダレニもわタサん」

うなずいた私に、いったいドウなってイル、とサイドテーブルに載っていた書類を叔父が不自由な手で払った。数十枚の紙が病室に舞った。

脳梗塞で倒れてから、もうひとつ叔父が変わった点があった。金への執着心が異常なほど強くなったことだ。

叔父は花山病院の三代目で、言ってみればお坊ちゃんだった。子供の頃から、経済的な苦労をしたことはなかった。

だから金には恬淡(てんたん)としていたし、あれほど無私の愛情を患者たちに注ぐことができたのだろう。私の医大の入学金や学費をすべて支払ったことも、叔父にとっては当たり前の行為だった。

叔父の中で何よりも優先されるのは患者で、治療のために必要と判断すれば、どんな高価な医療器具でも迷わず購入したし、病院の施設そのものも患者のためを考え、常に改善を心掛けていた。

現在、花山病院はすべての場所がバリアフリーだが、都内で最も早く導入した病院のひとつのはずだ。

また、勤務医、看護婦、職員への待遇も厚かった。断言できるが、花山病院は中野区内で最も給料が高い病院だ。

設備と人件費に金を惜しみなく投じ、それが花山病院の評判を上げていたから、経営方針としては正しかったことになる。

だが、今や叔父は金の亡者だった。毎月会計士と税理士に決算書の提出を命じ、すべての数字を細かくチェックする。

毎日のように私を呼びつけ、利益率が低いと詰(なじ)るのが常だったが、それも不安のためなのだろう。

友人の精神科医の話では、被害妄想の症状のひとつに、貧困妄想があるという。妄想だから理由はないが、ある日突然無一文になってしまうという恐怖が、金への異常な執着心に変わっているようだった。

それでも、私には叔父に対する愛情と借りの意識があった。今の私があるのは、何もかも叔父のおかげだ。

叔父にとって良かれと思い、すべてを引き受けた。その気持ちに嘘はない。どんなに詰られようと、最後まで叔父に尽くすと決めていた。

ドアが開き、入ってきた看護婦が失礼しましたと頭を下げた。倉田友里（くらたゆり）といって、まだ二十歳と若く、経験も一年ほどしかない。

「ドこにイッてぃタ！」

叔父が怒鳴った。目が充血して、今にも血が噴き出しそうだ。

かつてあれほど看護婦に優しかった叔父が、今では怒鳴り散らし、罵倒することもしばしばだった。一度は点滴の針を抜き、看護婦の腕に突き刺したこともあった。

数人の看護婦の退職が重なったのは、叔父の看護に嫌気が差したためだと私にはわかっていた。

ご了承ありがとうございましたと頭を下げた婦長が、後は任せるからと倉田の肩に触れて、特別個室を出て行った。私もそれに続いた。

いろいろすみませんと頭を下げた私に、気になさらないでくださいと婦長が眼鏡の位置を直した。

「わたくしも院長にはお世話になっております。父親も同然です。それは他の看護婦も同じで、父親の世話を迷惑に思う子供などいないでしょう」

そんなはずはない、と内心思っていた。確かに、私や婦長の中で叔父は父親と同じだが、倉田のような若い看護婦は叔父のことをよく知らない。

彼女たちにとって、叔父は我儘(わがまま)で短気で頑固で迷惑ばかりかける面倒な入院患者に過ぎないのではないか。

だが、そんなことを言っても始まらないのはわかっていた。戻りましょう、と婦長がエレベーターのボタンを押した。

6

翌週金曜日の朝、婦長が三人の看護婦を連れて副院長室に入ってきた。叔父の了解を取った後、婦長が連絡して、今日から花山病院で働くことになったのは聞いていた。

よろしく頼むよ、と私から声をかけた。人心掌握（じんしんしょうあく）というほどのつもりはないが、医師と看護婦はフランクに接した方がいい、とロスの病院で学んでいた。

三人が順番に自分の名前と出身、年齢を言った。相川美奈子、神奈川県、二十五歳。雨宮リカ、東京、二十八歳、工藤有喜、東京、三十三歳。

説明した通り、院長先生は病気療養中です、と婦長が言った。

「その間、責任者は副院長の大矢先生となります。よろしいですね」

はい、と三人がうなずいた。その中で、雨宮リカだけが私の顔を見つめていた。射るような、という表現があるが、それに近い視線だ。

変わっている、と思った。ほぼ初対面の人間に向ける視線ではないだろう。

私は少し乱視が入っているので、面接の時はわからなかったが、肌の荒れが気になった。乾燥肌らしく、白い粉が吹いている。それを隠すためか、頬のチークがかなり濃い。

看護婦としてどうかと思ったが、婦長から注意させた方がいいだろう。副院長が言うような話ではない。

もうひとつ、前にも感じた臭気が少し強くなっている気がした。気温が高くなり、汗を掻いているせいかもしれない。

「科はどうしますか」

私の問いに、相川さんは小児科に、と婦長が答えた。

「雨宮さんは外科、工藤さんは内科です。それぞれ、経験があるということですし、本人たちの希望もありましたので」

花山病院は日勤、準夜勤、夜勤の三交代制で看護婦たちのシフトを敷いていた。

夜間は巡回と緊急時の対応がメインになるので、科は関係なくなるが、通常の日勤ではそれぞれが専門の科に入り、科のシフトで働く。同規模の病院なら、この辺りはほとんど変わらないはずだ。

小児科は忙しいよ、と私は相川美奈子に微笑みかけた。

中野区は人口が多く、当然子供の数も多い。それに対し、小児科病院は圧倒的に不足している。そのため、小児科がある花山病院に駆け込んでくる親子は大勢いた。

「いえ、大丈夫です。あたし、子供が大好きですから」

美奈子が元気よく言った。面白いもので、医師も看護婦も、容姿や雰囲気で何科が専門なのか、大体わかる。

美奈子は典型的な小児科タイプの看護婦だった。選んだ職業はナースだが、保母さんになっていても不思議ではない。

かすかな音がして、私は顔を上げた。二枚の硬貨を擦り合わせた時に出る音に近い。もっとはっきり言えば、舌打ちだ。

だが、今この場で舌打ちをする者などいるはずがない。私が勝手に思っただけで、誰かの靴が床を擦ったのだろう。

「こんなことを言うと婦長に怒られるかもしれないけど、その点外科は楽だと思うな」

そうでしょうか、と雨宮リカがまばたきをした。副院長、とたしなめるように婦長が言ったが、どうせわかることだから、今話しても構わないだろう。

「うちは個人病院だから、難しい症例の手術はしない。もちろん、腫れ物ができたとか、虫垂炎とか、そんなレベルならやるけど、たとえば重度のガンであるとか、心臓疾患だとか、そうなってくるとさすがに厳しいから、他の病院を紹介するしかない。楽というのはそういう意味で、仕事量は他の科と変わらないよ」

十年前までは、叔父自身が執刀医としてメスを握っていた。叔父にはそれだけの技術と経験があったし、下手な大学病院で手術を受けると、若いドクターの実験台になりかねないから、花山先生にお願いしたいと頼んでくる患者も少なくなかったそうだ。

だが、六十歳を過ぎた頃、叔父も長時間の手術を行なうのは厳しいと悟り、難しい手術だと判断すると、大きな総合病院、大学病院に紹介状を書くようになっていた。それ以降、花山病院では積極的に手術をすることがなくなっていた。

「むしろ、忙しいのは整形外科の方で、そちらがメインの仕事になるだろう」

捻挫(ねんざ)、打撲、骨折、腱の切断などの患者は多い。これは今も昔も変わらない。

私も中学生の時、スキーで足首の骨を折ったことがあったが、老若男女関係なく、怪我は絶えない。彼らが頼りにするのは、私たちのような町医者だ。

分担として、私が外科全般、柏手先生が整形外科の担当となっているが、これはケースバイケースで、私も骨折その他の患者を診ることがある。

最近増えているのは、骨粗鬆症(こつそしょうしょう)による老人の骨折だ。術後のケアも含め、時間と手間がかかる。忍耐力が要求されるが、雨宮リカにはそれが備わっているように思えた。

「内科の方は、刈谷先生に直接聞いた方がいい。基本的には任せているし、シフトの管理も刈谷先生の担当だ」

わかりました、と工藤有喜が言った。三人の中では一番年も上だし、細かいことを言う必要はなさそうだった。

「後は特にないかな。小山内婦長の指示に従っていれば、それで問題ない。病院だから、どうしてもフラストレーションが溜まるけど、その辺りはチームワークで乗り切っていこう」

はい、と工藤有喜がうなずいた時、またあの音がした。婦長も気がついたようだ。

ただ、何の音かわからなかった。舌打ちのような気もするが、そうだとしたら意味不明だ。何か不快になるようなことを、私は言ったのだろうか。

では他の先生方に挨拶して参ります、と婦長が三人を連れて出て行った。いろいろ面倒だとつぶやいて、私はデスクの電話を引き寄せ、ミナト証券の番号を押した。

7

七月に入り、二週間が経った。季節は夏に変わり、暑い毎日が続いていた。

連日、気温が三十度を超えているのには閉口したが、それ以外は順調だった。花山病院は全館冷暖房完備で、建物の中にいる限り快適に過ごすことができる。

問題があるとすれば昼食で、田尻町にある花山病院は中野駅から一キロ以上離れており、近くに飲食店はほとんどなかった。この暑さの中、駅まで歩くのも億劫(おっくう)だ。

ただ、三階に広いカフェテリアがあり、小さなコンビニレベルの売店もついていた。医師、看護婦その他病院スタッフ、通院、入院患者や付き添い、見舞い客など、誰でも利用可能だ。

七月に入ってからは、私もそこでランチを取ることが多くなっていた。

一人の時もあるし、婦長や刈谷先生たちと一緒にテーブルを囲むこともある。時には仕事の打ち合わせをしながら食事をしたり、お茶を飲むこともあった。

七月十五日の昼、私と婦長、柏手先生、刈谷先生の四人で出前で取った中華を食べていると、新しい看護婦はどうですか、と刈谷先生が辺りを見回した。いくつかのテーブルで看護婦や患者たちがランチタイムを楽しんでいた。

「優秀で助かっています」

チャーシューメンを食べながら婦長が微笑んだ。小柄だが、食欲は男性以上で、今日も麺は大盛りだった。

うちに来た工藤さんは評判いいですよ、と刈谷先生がうなずいた。

「彼女は十年以上経験があるんですが、テキパキって表現がぴったりでね。勘がいいっていうのかな……小児科の相川さんも、子供たちから人気があると博子先生が言ってましたね」

相川美奈子はまだ若いが、熱心に働いているという話は私も聞いていた。そっちはどうです、と刈谷先生が私と柏手先生の顔を交互に見た。

「例の内田前理事長ご推薦の彼女……雨宮さんでしたっけ」

特には、と言葉少なく柏手先生が答えた。そうですね、と私もうなずいた。

気にしていた雨宮リカの体臭は、思っていたほど酷くなかった。もともと、医師や看護婦は仕事柄臭いに鈍感なところがある。単純な話、風邪などで病院を訪れる患者の多くは、数日入浴していない場合が多い。夏場などは汗くさくなっている者も少なくなかった。

また、内臓疾患がある患者は口臭がきついし、尿検査、検便などもある。膿や血、嘔吐などにも慣れていた。

心配していたのは患者の反応だったが、懸念したほどのことはなかった。通常の仕事をしている限り、不快に思う患者はほとんどいないようだった。体調に左右されるのか、日によってはまったく臭いを感じないこともあった。

シフトのローテーションで、三日に二日は彼女と接していたが、体臭について特に思うところはなかった。ただ、距離が近いと感じることはあった。

医師が患者を診ている時、看護婦は少し離れているのが普通だが、雨宮リカは違った。私のすぐそばにつき、時には体が触れることさえあった。

外科の場合、看護婦が医師の補助につくことも多いから、他の科とは事情が違うが、それにしても近過ぎると思わないでもなかった。

ただ、距離感は看護婦によっても違うし、医師の中にはなるべく近くにいるようにと命じる者もいる。気にすることではないのだろう。

「あまり他の看護婦と親しくするつもりはないようですね」小山内婦長がチャーシューを二枚重ねて口にほうり込んだ。「時間が空いている時は一人で本を読んだり、そんな感じです。

わたくしはいいと思っています。病院は仕事場で、学校の部活動とは違いますから。最近の若い看護婦は何かというとお喋りばかりで……こんなことを言うと、年寄り扱いされるんでしょうけど」

仲代（なかだい）さんのオペの件ですが、と柏手先生が私に向かって口を開いた。

「予定通りで構いませんね？」

もちろんです、とうなずいた。今日の夕方四時から、仲代寿一（じゅいち）という六十五歳の患者の虫垂切除手術を行なうことになっている。執刀するのは私だ。

仲代は隣町の三隅町にある寿司屋の大将だが、三十年以上花山病院に通っていた。頭痛、風邪をひいた、腹が痛い、症状が何であれ、叔父のもとを訪れるのが常だった。

カルテによれば二十代後半から慢性虫垂炎の症状があり、それは仲代本人もわかっていた。手術をするほどではないという叔父の判断で、内科治療で対応していたが、三日前病院へ来た時、今までと痛み方が違うと訴えた。発熱や吐き気もあるという。

血液検査をしたところ、白血球の数値が基準を遥かにオーバーしていた。腹部X線検査もしたが、虫垂炎が悪化している、というのが刈谷先生の診断だった。

私と柏手先生の三人で今後の処置について相談し、開腹による虫垂切除手術をすることに決めた。今さら体にメスを入れたくないと本人は嫌がったが、奥さんの説得で同意も取れている。

　昔の医者なら迷わず切っただろうが、私自身は手術に積極的ではなかった。リスクがゼロではないからだ。

　できれば内科的治療で済ませたかったが、腹膜炎を併発する可能性や、穿孔の危険性もあった。

　昨日から仲代は入院している。今日の四時にオペを行なうことは、本人の了解が取れた段階で決めていた。

　今日の午後、新設する美容整形外科病棟に納入される機材類を柏手先生がチェックする予定が入っていたため、私がオペを担当することになった。虫垂切除手術は何度も経験があったから、特に問題はない。

　正直なところ、虫垂切除手術は術式として簡単だ。執刀医も一人でいいし、助手を務める看護婦も二人いれば十分だった。

　不安があるとすれば、手術に伴う合併症だが、仲代の体格、体調から考えて危険はほとんどないだろう。腹腔内に膿が溜まっていたとしても、ドレナージによって除去できる。

　もちろん、どんな手術にもリスクはある。六十五歳という年齢だと、心臓や肺に障害が起きる可能性もあったし、感染症にも注意しなければならない。

とはいえ、ロスに留学していた頃、私は二十人以上の患者の虫垂を切除していた。それなりに自信もあったし、最も簡単な部類に入るこの手術ができないようでは、外科医を名乗るわけにはいかないだろう。

昼食を取った後、通常の診察を終えてから、予定通り午後四時に私はオペ室に入った。二人の看護婦が準備を済ませて待っていた。

一人は富岡（とみおか）という四十歳のベテランで、もう一人はシフトに組み込まれていた雨宮リカだった。

花山病院に麻酔医はいない。多くの個人病院がそうであるように、契約の麻酔医がいて、スケジュールに従い、処置を担当する。

花山病院は生野（しょうの）先生という麻酔医と契約していた。その道二十年以上のベテランだから、安心して任せることができた。

オペに当たり、仲代から全身麻酔の希望があった。虫垂切除は局所麻酔でも十分なのだが、多くの男性患者がそうであるように、仲代も痛みに弱いところがあった。六十五歳の老人に懇願されたら、嫌とは言えない。

手術台に横になった仲代が目をつぶっている。生野先生が静脈注射の後、顔にマスクをかけて挿管を行ない、気道を確保した。

人工呼吸器、心電図と血圧をチェックし、すべて問題ないと全員の確認を取ってから、私は手術を始めた。

開腹虫垂切除手術は、右下腹部を約五センチ切開し、虫垂を同定した後、栄養血管を縛り、虫垂を根元で縛って切除すればそれで終わる。

経験があれば、一時間ほどで済む術式で、流れはすべて頭に入っていたから、迷うことはなかった。

前に簡単な手術をした際、富岡看護婦にフォローに入ってもらったことがあったので、その意味で安心だったが、雨宮リカとは初めてだ。

どんなものだろうと様子を見ていたが、彼女の動きは手慣れていた。八年の経験があるというが、もっと長いのではないかと思ったほどだ。

「こんなに早く手術に立ち会うとは、思ってなかったんじゃないか」

虫垂を切除して手術を終わらせ、腹部を縫合しながら言うと、はい、とマスク越しに短い答えがあった。めったにないんだ、と私はうなずいた。

「おかげで助かった。ずいぶん慣れてるようだ。君に来てもらってよかったよ」

運命ってあるんですね、と雨宮リカが囁いた。そこまで大袈裟な話じゃないと苦笑して、最後のひと針を縫い終えた。

「バイタルは?」

問題ありません、と富岡が言った。一、二時間ほどで目を覚ますでしょう、と生野先生が人工呼吸器が正常に作動していることを確認して微笑んだ。

「きっと仲代さんはうるさいですよ。痛い痛いと大騒ぎするんじゃないかな」

そうでしょうね、と私は言った。高齢の男性患者はほとんどがそうだ。

幸い、炎症の程度は予想より軽度だった。腹膜炎も併発していなかったし、これなら心配することはないだろう。

後は任せると言って、オペ室を出た。無性にビールが飲みたかったが、久しぶりの手術ということで、プレッシャーがあったのだろう。肩が凝っていた。

8

手術が終われば、医師としての仕事が終わるというものではない。まず必要なのは、病院内での情報共有だ。

今後仲代は一週間ほど入院することになるが、その間内科治療が必要になる。もちろん、術後の経過にも注意しなければならない。

美容整形外科病棟から戻ってきていた柏手先生と、刈谷先生に手術の結果を伝えると、よかったじゃないですか、と刈谷先生がいつものように軽い調子で労い、お疲れさまでしたと短く言った柏手先生が帰り支度を始めた。

私は副院長室に戻り、カルテに手術の経過を記入していった。最後にオペの終了時刻を書こうとした時、ノックの音がした。

どうぞ、と声をかけると細く開いたドアから滑り込むようにして入ってきた雨宮リカが、後ろ手でドアを閉めた。

「何か?」

先生、と雨宮リカが囁いた。

「鉗子が一本足りません」

何を言っているのか、意味がわからなかった。鉗子です、と彼女が繰り返した。

「術前準備はわたしと富岡看護婦が担当しました。気になって確認してみたのですが、ペアン鉗子の数が合いません」

まさか、と私の唇からつぶやきが漏れた。

鉗子は手術の際に使う器具で、さまざまな種類があるが、今日の手術ではペアン鉗子、つまり止血用鉗子を使用していた。

「体内にペアン鉗子を残したまま縫合するなんて、そんなミスが起きるはずな――」

ないとは限りません、と雨宮リカが一歩近づいた。腐った卵に酢を混ぜたような臭いが鼻孔を襲った。

粘膜に包まれたような感覚があったが、動揺のためだろう。医療事故、という単語が頭をかすめた。

手術の際、体内にガーゼ、あるいは手術器具などを残してしまうという事故が、稀にだが起きることがある。

最悪のケースとして、メスを入れたまま縫合し、後にそのメスが患者の血管を傷つけて、死に至らしめたという事例もあった。

だが、そんなことはめったに起きない。あるとすれば、緊急の手術であったり、医師や看護婦の数が足りないまま手術を行なうなどの理由で、確認を怠ってしまう場合だが、今回は違う。

緊急の手術ではなかったし、事前準備も問題なかった。虫垂炎の手術そのものは簡単だし、時間もかかっていない。必要なスタッフも揃っていた。

もし雨宮リカの言っていることが事実だとすれば、それは私のミスで、責任もすべて私にある。

あり得ない、と強く頭を振った。血管結紮(けっさつ)のためにペアン鉗子を使ったのは間違いないし、その記憶もある。はっきりと覚えている。

虫垂を切除した後、ペアン鉗子を外し、看護婦に渡した。富岡だったか雨宮リカだったか、そこまでは覚えていないが、絶対と断言できた。

「君の勘違いだろう。数え間違いでは？　それとも、最初から鉗子の数を誤って記入していたとか……」

そんなことを言ってる場合ではありません、と雨宮リカがまた一歩近づいた。鋭い臭気に、私は思わず顔を背けた。

「気づいているのはわたしだけです。富岡さんは帰りました。仲代さんはまだ麻酔が効いているので、眠っています。生野先生は別室で待機中です」

術後、一、二時間ほどで目を覚ますでしょう、と生野先生が言っていたのを思い出した。

「先生、わたし、先生のためなら何でもします」

「ぼくのため？」

仲代さんの奥様は自宅に戻っています、と低い声で雨宮リカが言った。

「下着の替えが必要なので取ってきてください、とわたしがお願いしたんです。急ぎではないとも伝えています。病院に戻ってくるまで、一時間はかかるでしょう」

「……どうしろと？」

他の先生方もお帰りになりました、と雨宮リカが囁いた。気づくと、彼女の顔が私の目の前にあった。長い黒髪が揺れている。

「挿管しているチューブを抜いた後、仲代さんをストレッチャーで入院病棟に運ぶことになっていましたが、残っている看護婦は夜勤の六人だけで、婦長もいません。今なら、もう一度仲代さんを開腹しても、誰にも気づかれないんです」

できるはずがない、と私はデスクを叩いた。

「その前に確認の必要がある。超音波エコーで仲代さんの腹部を撮影して、本当に鉗子が体内に残っているなら、改めて麻酔をかけ、奥さんの了解を取った上で、開腹して鉗子を取り出す。それが最善の処置だろう」

その場合、先生の医療ミスが問題になります、と私の耳元で雨宮リカが言った。唇が動くたび、不快な臭いがした。乾いた唾がまとわりついて離れない、そんな感じだ。

今すぐ鉗子を取り出さなければ、命に係わるということではない。だが、奥さんの了解を取ることになれば、なぜまた腹を開かなければならないか、理由を説明する必要が出てくる。

完全な不注意によるミスで、責任は免れない。下手をすれば訴えられるかもしれなかった。

雨宮リカが私の耳に唇をつけたのが、感触でわかった。

「先生、誰にも言いません。先生とリカ、二人だけの秘密です。難しいことじゃないでしょ？　だって、どこを切ったのかはわかってるんだし、鉗子が勝手に体の中で動くはずないもの。抜糸して鉗子を取り出し、もう一度縫合すればそれで終わり。そうでしょ？」

どうすればいいのか、私にはわからなかった。仲代の体に鉗子が残っているとすれば、絶対に再手術しなければならない。仲代の命にも係わってくる問題だ。

だが、本当に鉗子は体に残っているのか。その確認ができないまま、私のミスを隠蔽するためだけの理由で、家族の同意も得ず、仲代の開腹手術をしていいのか。それは明らかに医師としての倫理にもとる行為だ。

「超音波エコーで調べる」私は立ち上がった。「もし、君の言うことが事実なら――」

どうするの、とリカが私の目を覗き込んだ。白目がなく、闇のように真っ黒な目だった。

「生野先生を呼んで、また麻酔をかける？　奥さんにすべてを話して了解を取り付ける？　カルテにはどう書くの？　他の先生が知ったら？　リカにはわかる。柏手先生はきっと大喜びする。だって、あの人あなたのこと大嫌いだもの」

そんなことはないと言った私に、リカにはわかる、と大声で叫んだ。

「自分より年下なのに、院長の甥だから、自分の上に立ってるあなたのことが不愉快でたまらない。毎日毎日あなたのことを憎んでる嫌ってる死ねばいいと思ってるあの人はそう思ってるリカにはわかる」

そんな人じゃない、と頭を振った。私は柏手先生を信じている。だが。

今なら仲代さんは眠ってる、とリカが笑みを浮かべた。

「先生、先生は今すごいピンチなんだよ？　わかってる？　でも大丈夫。リカが助けてあげる。そのためにリカはこの病院に来た。運命だったの」

超音波エコーだ、と私は雨宮リカから離れた。

「触診でもわかるかもしれない。鉗子が残っていなければそれでいい。もし残っていたら……」

どうするの、とリカが目だけで尋ねた。その時考えるとだけ言って、私は副院長室を飛び出した。

カルテ2　二人だけの

1

駆け出したくなる足を抑え、廊下を速足で進んだ。診療時間が終わっているとはいえ、まだ院内に患者や職員も残っている。副院長が血相を変えて走っていたら、何があったのかと思われるだろう。

エレベーターホールに出たが、どちらも四階で停まっていた。待てない。

踵(きびす)を返し、階段へ向かった。背後から雨宮リカの足音が聞こえている。

二階を越え、三階に着いた。息を整えて時計を見ると、午後五時四十七分だった。

廊下を大股で歩きながら、仲代の手術が終わったのは五時五分、と頭の中で計算した。四十分が経過している。一時間ないし二時間で意識が戻る、と麻酔医の生野先生は言っていた。

麻酔の効力には個人差がある。患者の体重、性別、年齢その他によって適正な量を投与しているが、いつ覚醒するかは分単位では明確に言い切れない。

今回の場合、一時間かからずに意識を取り戻すことも有り得るし、二時間以上経った後かもしれない。

頭を振って、手術準備室に入った。何を考えているのか。間違っている。

鉗子が仲代の体内に残っているのか、いないのか、どちらとも言えないのに、もう一度開腹手術を行なうことを前提にしている。

仮に、鉗子が仲代の体内にあるとしても、それが原因で今すぐ危険な状況になることはあり得ない。

少なくとも明日まで、仲代がベッドから立ち上がったり、体を激しく動かすことはない。鉗子が仲代の腹腔内を傷つける恐れはない、と断言できた。

落ち着け、と手を石鹼と消毒液で洗浄しながらつぶやいた。まず確認だ。どうするかは、その後考えればいい。

雨宮リカの勘違いなのかもしれない。おそらくそうだ。そうに決まっている。

手術用の薄いゴム手袋をはめて、手術室に入った。通常の段取りをかなり飛ばしていたが、何しろ時間がない。

　低い異音が聞こえた。仲代の鼻から漏れる鼾（いびき）だった。

「超音波エコー機を」

　雨宮リカが素早く機材を手術台の脇に寄せた。無影灯をつけ、まず仲代の顔に目を向けた。マスク越しに、気道に繋がっている人工呼吸用のチューブが見えた。顔色はいい。目覚める気配はなかった。

　準備を命じて、そのまま仲代の腹部に手を当てた。五センチほどの切開痕がある。まだ手術が終わって一時間も経っていない。下手に触ると、傷が開くかもしれない。慎重に探っていくと、かすかな違和感があった。

　指に固い何かが当たっている。位置から考えて、骨ではなかった。

「エコー機を下げろ」思わず声を荒らげていた。「間違いない。腹腔内に鉗子が残っている」

　マスクをつけている雨宮リカが、小さく嗤（わら）ったような気がした。この状況で、どうして嗤えるのか。

　怒鳴りつけたかったが、その余裕すらなかった。どうすればいい。どうするべきなのか。

　顔を上げると、手術室の時計は六時五分を指していた。手術終了からちょうど一時間だ。いつ仲代が目を覚ましてもおかしくない。

「先生、どうするの？」

雨宮リカが囁いた。待て、と私は目をつぶったまま、大きく深呼吸した。

選択肢は三つある。このまま仲代の意識が戻るのを待ち、本人、奥さんに事情を伝え、後日開腹手術を行ない、鉗子を取り出す。

もしくは生野先生に状況を説明し、再度麻酔をかけた上で、奥さんの同意を取り、鉗子を取り出す。

あるいは、誰にも言わず、今すぐこの場で抜糸し、鉗子を取り出す。

結論だけは決まっていた。何があっても、仲代の体内から鉗子を取り出さなければならない。それは絶対だ。

だが、プロセスは三通りある。いや、二つと言った方がいい。

仲代、その妻、病院のスタッフに私のミスを説明してから再手術を行なうか、私と雨宮リカの二人だけで再手術をするか、その二つだ。

常識で考えれば、前者しかないとわかっていた。抜糸とはいえ傷口を開くのは、どのような場合でもリスクが伴う。

今回の場合、そのリスクは低かったが、ゼロではない。患者とその家族、そして病院のスタッフの同意を得るべきだ。

ただし、その場合私の手術にミスがあったことが明らかになる。医師として致命的な過ちであり、医療過誤を指摘されるのは間違いなかった。

では、誰にも言わず、この場でもう一度抜糸するべきなのか。それにもリスクがある。仲代が意識を取り戻したらどうなるのか。

こうして考えている間にも、刻一刻と時間が過ぎていく。秒針が異常な速さで一周し、それが何度も繰り返された。

一瞬時計から目を離し、再び視線を戻すと六時十分になっていた。

麻酔が切れるのが手術後一時間だとすれば、既にそのタイムリミットを超えている。私に残された時間は、どんなに長くても六十分ない。

危険過ぎる。今、この場で抜糸などできるはずもない。

先生、と雨宮リカがキャスター付きのマテリアルワゴンを運んできた。開腹手術用の器具が整然と並べられていた。

「考えてる時間なんてない。そうでしょ？　今なら大丈夫、誰にもわからない。抜糸して鉗子を取り出せば、それで終わり。違う？」

簡単に言うな、と手術台に手をついたまま呻くように言った。仲代の体は動かない。

「簡単なことなんだから、簡単に言うしかないじゃない」雨宮リカが含み笑いをした。「だって、一時間前に切開したばかりなんだよ？　抜糸するだけでいい。皮膚はまだくっついていない。リカがいるから、止血もできる。先生は鉗子を抜き取るだけ。後はリカがやる」

私は顔を上げた。雨宮リカの真っ黒な目が見つめている。光のない目に吸い込まれていくような感覚があった。

「……もし途中で仲代さんが意識を取り戻したらどうなる？　麻酔が切れた状態で傷口が開けば、強烈な痛みがある。耐えられるはずがない」

局所麻酔の注射をすればいい、と雨宮リカが麻酔薬のリドカイン注射液を取り出した。無色透明の液体が、小さなガラス容器の中で揺れていた。

先生ができないならリカがやる、とマスクを外した雨宮リカが私の手を握った。

「先生に立場があるのはわかってます。危険なことはできないというのも、その通りです。でも、もしこのことが誰かの耳に入ったら、先生はどうなります？　リカは先生のためなら何でもします。お願い、リカを信じて」

言葉遣いが変わっていた。どういう意味だ、と私は彼女が手にしている注射器を見つめた。

「君は看護婦だ。注射は打てるだろうが、メスを使えるはずがない。君にはその資格がない」

資格はなくてもできます、と雨宮リカが首を振った。

「子供の頃から、パパのクリニックで遊んでいました。パパのことが大好きで、いつも一緒にいたかったから。パパはすごく優しくて、何でも教えてくれた。メスの使い方もわかってる。それに、今はメスを使う必要もないでしょ？　抜糸すれば、皮膚は勝手に開く。止血だって簡単。リカは先生を守りたい。医療過誤があったと世間が知ったら、どうなるかわかってるでしょ？」

駄目だ、と私は力無く首を振った。

「生野先生を呼べ。柏手先生もだ。病院を出たはずだが、ポケベルを持ってる。呼び出して、至急戻るように伝えろ。今すぐ鉗子を取り出さなくても、仲代さんの命に係わるようなことはないん――」

肩を突かれ、私はその場で尻餅をついた。リドカイン注射液を注射器に吸い上げた雨宮リカが、仲代の腹部に針を刺していた。

「何てことを……」

先生のためなの、と静かな声で言った雨宮リカが医療用の小さな鋏（はさみ）で細い糸を切った。ゆっくりと、肉が剝（は）がれていく。

「先生、立って」

雨宮リカが手術着の袖を摑んで私を立たせた。痩せているのに、どこにそんな力があるのだろうと思えるほど力強い腕だった。

慣れた手つきで、開創器を使って腹部を大きく開いた雨宮リカが、ペアン鉗子を取り出すよう指示した。悪夢を見ているようだ。

血管を結紮している鉗子が外れて、鮮血が迸ったが、落ち着いた様子で雨宮リカが処置すると、すぐに血が止まった。

「早く、先生」

私の中に意志はなかった。抜糸して腹部を開いてしまった以上、やるべきことはひとつしかない。

ピンセットを使いたかったが、手が震えてうまく摑めなかった。腹膜を傷つける恐れがある。

やむなく、震える指を腹腔内に直接入れると、薄いゴムの手袋越しに生温い肉の感触がまとわりついた。

触診でペアン鉗子の位置はわかっていたはずだが、どこにあるのか。ぬるぬると腹腔が蠢いている。血と肉の臭い。そして粘りつくような不快な音。

一時間以上に感じたが、実際には一分に満たない時間だった。指がペアン鉗子に当たり、そのまま指を引っかけるようにして抜くと、血にまみれた鉗子が床に落ち、かすかな金属音が響いた。

縫合を、と言って屈み込んだ雨宮リカが鉗子を拾い上げ、手術着のポケットに入れた。マテリアルワゴンにミッヘル縫合器セットがある。

ゴムの手袋が血で滑ったが、有鉤（ゆうこう）ピンセットを取り、慎重に傷口を縫い合わせていった。

「滅菌処理は？」

返事はなかったが、しているはずだった。看護婦なら絶対に忘れるはずがない。大丈夫だ。

呻くような声がした。仲代だ。目が覚めたのか。

「気分はどうですか」いつの間にか、仲代の頭の側に廻っていた雨宮リカが話しかけた。「手術は終わりましたよ。成功です。ただ、ずいぶん汗を掻かれていましたので、今洗浄しています。気持ちいいでしょう？」

仲代は何も言わなかった。まだ気管内にチューブが挿管されているから、声を発することができない。麻酔から覚めたばかりで、意識もはっきりしていないだろう。

雨宮リカがガーゼを仲代の額に当てている。私は最後のひと針を縫い終え、腹部に滲（にじ）んでいた血を拭（ぬぐ）った。

取り返しのつかないことをしてしまったとわかっていたが、もう後戻りはできない。

「仲代さん、痛みはありますか？」

まばたきを繰り返していた仲代が、かすかに首を横に振った。心配で様子を見ていたんです、と私は微笑みかけた。

「いいお年ですからね。何かあったらいけないと思いまして……仲代さんは言ってみればうちのお得意さんです。これもサービスのうちですよ」

くぐもった声が漏れた。笑わないように、と仲代に注意しながら、はだけていた患者衣を整えた。

「傷口が開いたら大変ですからね。すぐに麻酔医を呼びます。今は人工呼吸器を使っていますが、チューブを抜けば自分で呼吸ができます。楽になりますよ」

すぐにと言ったが、そうもいかなかった。たった今、縫合を終えたばかりだ。時間を稼がなければならない。

「君、生野先生に状況を伝えてくるように」

うなずいた雨宮リカに、急がなくていいと囁くと、わかってますと片目をつぶって、そのまま手術室を出て行った。

私は自分の額を伝っていた汗を拭った。仲代が目を大きく見開いて、見つめていた。

2

三十分ほど経った頃、手術室に入ってきた生野先生が気管のチューブを抜いた。仲代の口から笛のような音が漏れた。

ずいぶん遅かったなと私が言うと、申し訳ありませんと雨宮リカが頭を下げた。

「生野先生が一階にいらっしゃると思って捜していたのですが、勘違いしていました。遅くなったのは、わたしの責任です」

問題ありませんよ、と生野先生が笑顔で言った。

「意識が戻ったからといって、すぐチューブを抜くわけじゃありませんからね。様子を見ないと……むしろ、ちょうどいいタイミングでした」

時計に目をやると、六時五十分になっていた。仲代さんを入院室へ、と命じた。

「手術台からストレッチャーへの移動は電動だが、やり方はわかるね？」

使ったことがあります、と雨宮リカがうなずいた。一人で無理なら、誰か看護婦を呼べばいいと言って、私は仲代に顔を向けた。

「手術は終わりました。腹膜炎を起こしていないか、それだけが心配だったんですが、腹腔内はきれいでした。炎症や膿もありません。ただし、事前に説明した通り、明日の昼頃まで水分の摂取は禁止です。一週間ほどの入院を考えていますが、四、五日で退院できるかもしれません。その辺りは、今後の経過次第ですね」

ありがとうございます、とほとんど聞き取れないほど掠(かす)れた声で仲代が礼を言った。痛みはありませんか、と生野先生が顔を近づけた。

「麻酔が切れると、多少痛むかもしれません。その時は看護婦を呼んでください。適宜処置してくれますよ」

後を頼むと言って、私は生野先生と手術室を出た。合併症が出なければいいんですが、と廊下を歩きながら生野先生が言った。

「年齢が気になります。六十五歳でしたよね？　体力はあるようだし、大丈夫だと思いますが」

では失礼します、と控室に戻っていった。その後ろ姿を見つめてから、私は階段へ向かった。一階まで下り、そのまま副院長室に入った。これでいいんだ、と何度も繰り返しつぶやいた。

虫垂切除手術そのものは成功だった。ペアン鉗子を体内に忘れていたことを除けば。

それをリカバリーするために、乱暴な方法を取ったことは認めざるを得ない。だが、それで何か不都合があっただろうか。

自分の腹がもう一度開かれたことに、仲代は気づいていない。何があったのか知っているのは、私と雨宮リカだけだ。

そして、彼女が黙っている限り、何もなかったのと同じだ。

デスクに座り、両手で頭を押さえた。すべて言い訳だとわかっていた。ここに座っている資格はない。私は医師失格だ。

どれぐらいそうしていただろう。溢れる涙を拭った。辞表を書こうと思ったが、それもできなかった。

私がここを去れば、花山病院はどうなるのか。叔父の人生がここにある。病院は叔父のすべてだった。

私が花山病院を守るしかない。もう二度とこんなことは起こさない、と心に固く誓った。煙草を取り出し、火をつけた。忙(せわ)しなく煙を吐いたが、胸に広がる不安を打ち消すことはできなかった。

本当に、雨宮リカは沈黙を守るだろうか。

信じるしかない、と頭を振った。私のためにしている、と彼女は何度も言った。私の不利益になるようなことをするはずがない。

そうは言っても、代償が必要になるだろう。彼女の方から、何らかの要求があるかもしれない。今、脅迫されれば、従うしかなかった。

だが、一週間もすれば仲代は退院する。早ければ、半月ほどで以前の生活に戻ることができるだろう。完治すれば、何も問題はなくなる。

カルテを書くのは私だ。ペアン鉗子が仲代の体内に残っていたことを知っているのは、私と雨宮リカしかいない。

万が一、脅迫されるようなことがあっても、カルテに記載がなければ、すべてを否定できる。

考え過ぎだ、ともう一度頭を振った。彼女がそんなことをするはずがない。何のメリットもないからだ。

ペアン鉗子を残したまま手術を終えたのは私のミスだが、大きな意味では助手を務めていた二人の看護婦にも責任がある。ミスがあったと告発するのは、自分の首を絞めるのと同じだ。

デスクに載っていた仲代のカルテに、手術の終了時間を記した。十七時五分。それですべてが終わった。

(なぜだ)

煙草を乱暴に灰皿に押し付けて、手術の時の記憶を探った。なぜ私はペアン鉗子を残したまま、縫合してしまったのか。

初歩的なミスもいいところだ。素人レベルの凡ミスと言っていい。

病院ではさまざまなミスが起きる。新生児の取り違えのような大きなミスもある。

血液型の違いに気づかず輸血してしまったというような事故は、全国で年に百回以上起きているだろう。

以前、研修医として働いていた病院では、四人部屋の患者四人に、それぞれ違う点滴を施してしまったという事故もあった。

だが、ペアン鉗子を患者の体内に置き忘れるというのは、勘違い、悪い偶然、不運、確認不足、そんなレベルではない。純然たる不注意というべきで、本来ならあり得ないミスだ。

決して経験豊富だとは思っていないが、研修医の頃から数えれば十年近く医師という職に就いている。その間、これほど馬鹿げた間違いをしたことはなかった。

それなのに、どうしてこんなことになってしまったのか。慣れが慢心を呼んだのか。そんなはずはない。

花山病院で働くようになってから、半年以上が経っていたが、その間虫垂切除手術は一度だけだった。仲代が二人目で、全身麻酔による手術はロスに留学していた一年前が最後だ。帰国してからは初めてで、慣れによる油断などあり得ない。

確認を怠ったということもない。間違いなく、術式通り虫垂を切除し、手術を終わらせた。止血鉗子をすべて外し、看護婦に渡したこともはっきり覚えている。

だが、ペアン鉗子が仲代の腹部に残っていたのは事実だ。いったいなぜそんなことになったのか、何度記憶を探っても、理由がわからなかった。

3

翌日は朝から凄まじい勢いで陽が照りつける暑い日だった。

いつも通り午前八時に病院へ出勤し、婦長と今日の予定について打ち合わせをした。何も変わらない一日が始まっていた。

診療は九時からだが、その前に三階の入院病棟へ足を運んだ。仲代の容体が気になっていた。

四人部屋の病室に入ると、元気のいい胴間声と愛想笑いが聞こえた。おはようございますと声をかけると、カーテンが開いた。

立ち上がった仲代の妻が、このたびはどうもありがとうございました、と深々と頭を下げた。

「主人に聞きましたけど、麻酔から醒めるまで若先生が側についていてくださったそうですね。本当に申し訳ありません」

私の肩書は副院長だが、古い患者は若先生と呼ぶ者が多い。院長の甥だから、若先生でいいだろう、と思っているらしい。時代劇のようで少し照れ臭かったが、そう呼ばれるのは慣れていた。

　すまなかったね、と顔だけを向けた仲代が満面に笑い皺を浮かべた。

「いや、俺もさ、今だから言えるけど、若先生で大丈夫なのかねって、ちらっとだよ、ちらっとだけど思ったところもあったんだよ。本当だったら、院長先生にお願いしたかったんだけど、病気だっていうから、そりゃあ仕方ねえ。若先生は甥御さんだから、まあいいかってのもあったんだけど、ほら、やっぱりまだ若いからさ」

　失礼ですよ、と妻がたしなめた。違いねえ、と仲代がうなずいた。

「そうだよな、アメリカ帰りだもんな。信じてたよ。ただ、俺も院長先生とは長いし、世話になってるからね」

　わかりますよ、と仲代の顔を見つめた。血色はいい。体調に問題はないようだった。

「医師と患者の間には、何よりも信頼関係が大切です。私より叔父を信じるのは当然ですよ」

「とにかく助かった。まだちっと痛いけど、そういうもんなんだろう。何しろ腹を切ったんだからな」ところで若先生、と仲代がパジャマの上から胃の辺りを撫でるようにした。「腹が減ってしょうがねえんだが、まだ食っちゃ駄目かい？」

　絶飲食です、と私はわざと顔をしかめた。口中を湿らすぐらいは構わないのだが、それを言うと仲代は際限なく水を飲みそうだった。

「どうしても我慢できないようなら、うがいは許可します。点滴もしていますし、子供じゃないんですから、しばらく我慢してください」

ビールが飲みたいねえ、と仲代が喉を鳴らした。駄目ですよ、と妻が怖い顔で首を振った。

「食事ですが、ガスは出たんですね？」かすかな臭いが辺りに残っていた。「それなら、昼に重湯を用意させましょう。みそ汁もいいかな。とはいえ、固形物は数日禁止となりますが」

ガスってのは屁のことだよな、と仲代が首を傾げた。

「それが、まだ出てねえんだよ。尻の辺りがむずむずしてるんだけど、力を入れるのは怖え（こえ）し……あれかね、自然に出るものなのかね」

左右に目をやった。ベッドをカーテンで囲っているだけの狭いスペースだ。他に三人の入院患者がいるが、それだけだった。

「看護婦は来ましたか？」

あの痩せた子ね、と仲代がまばたきをした。

「しばらく前までいたんだけど、別の仕事があるって出て行ったよ。忙しいよなあ、看護婦さんってのも。俺もうとうとしてたからわからなかったけど、カミさんの話じゃ、しょっちゅう様子を見にきてくれてたそうだ。若先生からもお礼を言っておいてくれよ」

漂っている異臭の正体がわかった。雨宮リカがここにいたのだ。

「彼女も仲代さんのことが心配だったんでしょう」平静を装って、私は仲代の肩に触れた。

「ガスが出たら教えてください。それまでは飲食禁止です」

殺生なこったと仲代が言ったが、構わず病室を後にした。今すぐ、雨宮リカと話さなければならなかった。

4

ナースステーションに看護婦のシフト表が貼ってある。勤務時間を確認すると、雨宮リカは準夜勤になっていた。

花山病院では日勤が午前八時から午後四時半、準夜勤が午後四時から深夜十二時、夜勤が午後十一時から翌朝の八時半までと決められている。今日、彼女は夕方四時からの勤務だ。

それまではどうにもならないとわかり、外科部の診察室に入った。座っていた柏手先生が軽く頭を下げて、おはようございますと挨拶した。

「おはようございます。今日ですが、先生の予定は？」

いちいち聞かなくても、というように壁を指した。見覚えのある名前が十人ほど並んでいた。

大きな分担として、柏手先生は整形外科を担当している。主に骨や関節など骨格系を治療するが、患者には高齢者が多い。

「リハビリ患者ですよ。年寄りは話が長いんでね。疲れます」

いつもすいません、と私は頭を下げた。押し付けているつもりはないし、私も高齢者のリハビリ患者を持っている。ただ、割合として柏手先生の方が多いのは事実だった。

では後ほど、と立ち上がった柏手先生が診察室のドアを開いた。三階にあるリハビリ室へ行くのだろう。

ドアを開けたまま、柏手先生がゆっくりと振り向いた。

「昨日の虫垂炎手術の患者……仲代さんですが」

「何でしょう？」

問題はなかったんですよね、と小声で言った。ありません、と私は答えた。

「なぜです？」

一度病院を出たんですが、とドアを押さえたまま柏手先生が左手の小指で鼻の付け根を掻いた。

「忘れ物があったので、戻ったんです。例の美容整形外科病棟の資料です。副院長にお渡しするのを忘れていたので、届けようと思ったんですが、いらっしゃらなかったので、何かあったのかと思いましてね」

何もありませんよ、と私は無理やり笑みを浮かべた。そうですか、と柏手先生がうなずいた。

「誰だかわかりませんが、階段を駆け上がっていく靴音が聞こえました。病院内で走るっていうのはどうなんでしょう。看護婦か、それとも入院患者か……困ったもんです。どうでもいい話ですが」

失礼、と柏手先生が出て行った。入れ替わるように、戸田春美（とだはるみ）という看護婦が顔だけを覗かせた。

「副院長、診療時間になりました。患者さんをお通ししてもよろしいでしょうか」

構わないとうなずいたが、頭は違うことを考えていた。柏手先生は何を言いたかったのだろう。何かに気づいているのか。

この半年、私が一番気を遣っていたのは柏手先生だった。十六歳年上で、技術も経験もある医師だ。

そして、院内の誰よりも叔父のことを尊敬している。すべては患者のためにという叔父の理念に共鳴して、二十年以上花山病院で働き続けていた。

十年前、叔父が一年間だけ慶葉医大で講義をすることになった時、院長代理を任せられていたのは私も聞いていた。それだけ信頼されていたのだろう。

だが、叔父が脳梗塞で倒れ、院長の甥というだけの理由で私が副院長兼外科部主任となった。

感情として、面白くないのは理解できる。だから、何事も柏手先生を立てるようにしていた。

外科部主任のポジションをお願いできないか、と頼んだこともあったが、自分は花山病院で働ければそれでいいと柏手先生は断わった。

性格的にも物静かで、何かを主張するような人ではないから、特に不満はないのだろうと安堵したのを覚えている。

だが、そうではなかったのかもしれない。私に対し、含むところがあるのではないか。

決してない話ではない。十六歳も下で、経験も浅い男に指図されるのは、誰でも不愉快だろう。

柏手先生が何を見たのか、そればかり気になって、上の空で診察を続けた。町医者のところに来る患者の症状はそれほど重くないから、それなりにさばくことができたが、難しい患者が来たら対処に困っただろう。

ただ、幸いなことに患者の数そのものが少なかった。午前中の診療時間内に来たのは五人だけで、火傷(やけど)や、ガラスで手を切ったとか、その程度だった。

昼十二時、午前の診療時間が終わった。二時間の休憩がある。何をしたわけでもないのに、疲れていた。

何か食べてから副院長室で休もうと思い、三階のカフェテリアへ上がると、十あるテーブルの半分が埋まっていた。すべて患者とその付き添いの家族や見舞い客だった。

看護婦たちは器具の消毒や後片付けがあるから、三十分ほどはこのままだろう。誰かと話すことさえ煩わしく思っていたから、その方が楽でよかった。

サンドイッチとパックの牛乳を買って、手近なテーブルに座ろうとした足が勝手に止まった。奥の席に雨宮リカが座っていた。

彼女は準夜勤のはずだ。出てくるのは夕方で構わないのに、なぜ今、ここにいるのか。

少し迷ったが、彼女のテーブルに近づいた。いずれ話をしなければならない。他の看護婦たちがいない今の方が都合良かった。

「座ってもいいかな」

文庫本を読んでいた雨宮リカが、栞(しおり)を挟んでテーブルに置いた。島崎藤村『破戒』とタイトルがあった。

書名だけは聞いたことがあったが、読んだことはない。かなり古い本らしく、表紙が黄ばんでいた。

「食事は？」

済ませました、と静かな声で返事があった。うなずいたが、次の言葉が出てこなかった。

『昨日の件だが、誰にも口外しないでほしい。要求があれば言ってくれないか。できるだけのことはするつもりだ』

そんな風に、ビジネスライクに話せるはずもない。金で済む話でもないだろう。

だが、彼女を黙らせるためには、金を払うしかないのではないか。他に考えられることはなかった。

昨日はお疲れさまでした、と雨宮リカが言った。

かすかな異臭がしたが、それほど気にならなかった。体調あるいは精神状態によって、体臭に変化があるようだ。

「君こそ、疲れただろう。いろいろ迷惑をかけたね。助かったよ」

仕事ですから、と微笑んだ雨宮リカが文庫本を手に取った。誰にも言いません、というつもりで笑みを浮かべたのがわかったが、かえって私の不安は大きくなっていた。

「今日は準夜勤じゃないのか？　夕方四時から出ればいいのは、わかってるだろう？」

仕事が好きなんです、と雨宮リカが周りを見渡した。

「それに、病院も。父がクリニックを開いていた話はしたと思いますけれど、病院にいると落ち着くんです。早く来てはいけませんか？」

そんなことはないが、と私は椅子に腰を下ろした。

「それは君の自由で、ぼくに何か言う権利はない。ただ、休む時は休むべきだと思うけどね。根を詰めて働き過ぎるところがあると、自分でも言っていただろう。看護婦が過労で倒れたら、誰が看病すればいいんだ？」

心配ですか、と文庫本を手にしたまま雨宮リカが私を見つめた。奇妙な顔だ、と思った。

面接の時、美人の部類に入る、と彼女を見て思ったのを覚えている。その印象自体は変わっていない。

顔色こそ良くないが、目、鼻、唇、顔のパーツは、それぞれ形が整っていた。やや面長で、長い黒髪が奥ゆかしさを感じさせる。派手ではないが、こういう顔を好む男性は少なくないはずだ。

だが、改めてよく見ると、何かが歪(ゆが)んでいた。どこ、ということではない。強いて言えば、パーツの配置ということになるだろうか。

数ミリ、もしくはコンマ五ミリ、何かがずれている。ほんの僅(わず)かで、気にならないと言えばそうだし、だから彼女を美人だと思った。

美しくない、というのは違う。醜いわけでもない。

ただ、何かが微妙に歪んでいる。ずれている。それが奇妙な顔の正体だった。

もちろん心配だ、と私は座っていた椅子を少し後ろにずらした。

「叔父がいつも言っていたことだが、病院はチームであり家族だ。お互いに助け合い、患者のために尽くす。一人欠けたら、それだけ患者のケアが疎かになる。誰もが笑顔で元気に働ける場所でなければならないと——」

嬉しい、と雨宮リカがテーブルを叩いた。周りにいた者たちが、視線を向けたのがわかった。

「先生、リカのこと心配してくれてるんですね。ああ、嬉しい。こんなに嬉しいことない。リカ、余計なことしちゃったのかなって、すごく不安だったの。先生に嫌われたらどうしようって。でも、そうじゃなかった。リカのこと心配してくれてる。優しい。ううん、優しい人だって、最初からわかってた。思ってた通り。リカの直感って当たるんだよ」

静かに、と私は腰を浮かせた。

「水を持ってこよう。それともお茶の方がいいか？」

何もいらない、と雨宮リカが首を振った。痩せた頰に、歪んだ笑みが張り付いている。

婦長から聞いたんだが、と私は顔を直視しないまま言った。

「他の看護婦とあまり話さないそうだね。仕事熱心なのはいいことだと婦長は言っていたけど、ぼくはちょっと違うと思ってる。仕事に熱意を持つのは間違っていないが、人間関係も大事だろう。病院はチームワークが重要だ。それは日々のコミュニケーションの積み重ねによって——」

思わず口を閉じた。雨宮リカの顔が大きく歪んでいた。曲がっている、と言った方がいいかもしれない。

「看護婦なんて、馬鹿ばっかし」

大嫌い、と持っていた文庫本でテーブルを何度も叩いた。その音が、どんどん大きくなっていく。

「頭悪いし、下らない噂話しかしないし、最低だって先生も思うでしょ？　それとも、先生も他の医者みたいに馬鹿な女が好き？」

好き嫌いの話をしているんじゃない、と私は首を振った。

「気が合わない人もいるだろう。それでも、うまくやっていかなければならない。それが社会の常識だ。病院だけじゃない。仕事ってそういうものだろう」

うつむいた雨宮リカの目から、涙が膝に落ちた。怒ってるわけじゃないと言った私に、違うの、と涙を拭った。

「先生はリカのことを思って言ってくれてる。それが嬉しくて泣いちゃったの……先生の言ってること、リカだってわかってる。リカは馬鹿じゃないから。でも、あの人たちのことは好きになれない。別にいいの。馬鹿女と話すぐらいなら、一人でいた方がいい。先生、先生はリカのこと何でもわかるんだね。どうして？」

何と答えていいのかわからないまま、思わず席を立った。会話がどこか嚙み合っていない。彼女は私の言葉をどこまで理解しているのだろう。

「戻らなきゃならない。仕事が残ってるんだ」

背中を向けた私に、先生、と雨宮リカが小声で呼びかけた。

「今度から、二人でいる時はリカって呼んでほしいの」

ゆっくり振り向くと、リカが微笑んでいた。

「他の人がいる前では無理ってわかってる。リカだって恥ずかしい。でも、二人だけの時はいいでしょ？」

看護婦のことは名字で呼ぶことにしている、と私は言った。いったいこの女は何を考えているのだろう。驚くと同時に、得体の知れない冷たい何かが私の背中に触れたような気がした。

「それがうちのルールだ。医師と看護婦は友達じゃない。そんなことはわかってるだろう？名前で呼ぶというのは、考えら――」

リカが白衣のポケットを軽く叩いた。かすかな金属音がした。

「仲代さん、大丈夫かな」六十五歳でしょ、と首を傾げた。「感染症とか合併症とか、何もないといいけど」

文庫本を開いて、頁をめくり始めた。あの金属音は鉗子だ。私が仲代の腹腔から取り出した鉗子。

それをリカが持っている。その意味は明らかだった。

サンドイッチと牛乳のパックをテーブルに置いたまま、逃げるようにしてカフェテリアを後にした。背中を伝っていたのは大量の冷や汗だった。

5

十日が過ぎた。仲代は無事に退院し、平穏な日常が戻っていた。

七月下旬、大安の日曜日、私と真由美は正式に結納を交わし、婚約した。来年の今頃、結婚式を挙げることになるのだろう。

すべてが順調だったが、問題が起きた。婦長を通じ、看護婦たちから雨宮リカの勤務態度について苦情が入ったのだ。

「仕事については、何があるというわけでもないんです」七月最後の月曜日、副院長室へ来た小山内婦長が言いにくそうに口を開いた。「雨宮さんは熱心に働いていますし、患者さんに対しても献身的に接しています」

そうですね、と私はうなずいた。外科外来の診療で助手を務めている際、リカは細かいところまで気を遣い、丁寧に患者のケアをしていた。

普通の看護婦なら、ルーティンワークでは手を抜いてしまうものだが、彼女に関してはそれもない。評価をつけるなら、優秀ということになるだろう。

おっしゃる通りですが、と婦長が顔を伏せた。

「ただ、常にそうではなくて……状況によって、雨宮さんの働き方には違いがあります。申し上げにくいのですが、彼女が熱心に働くのは、副院長がいらっしゃる時だけなんです」

「……どういう意味ですか？」

今さら言うことではありませんが、看護婦のシフトは三交替制です、と婦長が指を三本立てた。

「日勤の時は副院長、もしくは柏手先生の指示で、外科部の看護婦は患者さんの治療に従事します。副院長が雨宮さんと一緒に働くのは、主に日勤の時ですが、その時の働きぶりは、わたくしも感心するほどです」

「よく働いてくれている、と思っていますよ」

「ですが、柏手先生についている時は違います」顔を上げた婦長の額に、深い皺が刻まれていた。「何もしない、ということではないんです。指示に従って動き、仕事そのものに遺漏はありません。でも、それだけです。ただこなしているというか、最低限のことをするだけで……準夜勤の時も、副院長がいる時間帯と、帰られた後ではまったく違います。夜勤については言うまでもないでしょう」

かばうつもりはありませんが、と私は口を開いた。

「最低限のレベルであっても、仕事自体はしているんですよね？　人間ですから、気分のむらがあるのは仕方ないと思うんですが」

かばうつもりはないと言ったが、本音は違った。とにかく、今は彼女を刺激したくなかった。

「おっしゃる通りです。わたくしも疲れていると、どうしても動きが悪くなったり、まあいいか、と思ってしまうこともあります。ですが、他の看護婦たちからの苦情は、また別のことなんです」

「別のこと？」

正確なニュアンスが伝わるかどうか、と婦長が首を捻（ひね）った。

「看護婦たちが言うには、雨宮さんは自分たちのことを下に見ていると……彼女には八年のキャリアがありますし、大学病院での勤務経験もあります。年齢が下、あるいは経験年数が彼女より短い者に対して、上から何か言うようなことがあっても、それは仕方ないでしょう。看護婦として八年働いている者なら、下の者を指導するのは当然ですし、叱ることがあってもやむを得ないとわたくしは思っています。ですが……」

はっきり言ってくださいと言うと、彼女は他の看護婦を蔑んでいるようです、と婦長がため息をついた。

「経験や技術ではなく、人として見下していると言えばいいのでしょうか……」

「本当ですか？　考えにくいですね。大体、蔑むほど他の看護婦のことを知らないでしょう。知識や技術が劣っている者を叱っているだけでは？」

そういう場合もあるでしょう、と婦長が額に手を当てた。

「他の看護婦に怒ったり怒鳴ったりする彼女を、わたくしも何度か見ています。何を言ってもきつく聞こえる人はいます。わたくしも他人のことは言えません。ですが、そういうことではないんです」

「よくわかりませんね。具体的に、彼女は何を怒っているんです？　蔑むというのも、本人にそのつもりがあるのかどうか……」

何ということではなく、と婦長が首を振った。

「育ちが悪い、頭が悪い、気が利かない、動きが鈍い、言葉にすれば、そんなことになるのでしょうか。誰に対してもそれは同じで、自分より劣っていると思っているようです。心の中で何を考えていても構いませんが、言葉や態度に出すのはどうかと……何度も続けば、誰でも不愉快になるのはわかりきった話です。雨宮さんの自己評価が高いのは、面接の時からそう思っていましたが、他の看護婦を蔑み、馬鹿にするというのはどうかと思います」

面接の時からですかと尋ねると、気づきませんでしたか、と婦長が目を丸くした。

「彼女が話していたのは、周囲からどれだけ信頼されているか、頼りにされていたか、そういうことです。勤務先の病院では医師たちから可愛がられ、患者たちからは感謝され、誰よりも愛されていた。過労で倒れてしまうほど熱心に働き、患者のことを一番に考えている。自分より仕事のできる看護婦はいない、婉曲にですが、そう言っていました。わたくしにはすべてが自慢にしか聞こえませんでした。内田前理事長の推薦状をこれ見よがしに持ってきましたが、あれも同じです」

それはどうでしょう、と私は肩をすくめた。

「就職の面接です。自分には何もできません、やる気もありません、そんなことを言う人はいませんよ。謙遜（けんそん）して得することはありませんからね。自己アピールの場なんです。嘘や経歴詐称は論外ですが、自分の長所を強調するのは、誰でもそうじゃありませんか？　推薦状だってそうです。コネがあるなら、ぼくだって使いますよ。自慢というのは、ちょっと違うんじゃないですか？」

男の人にはわかりませんよね、と婦長が苦笑した。

「女同士だとすぐわかるんですけど……副院長の前でだけ、献身的な看護婦になるのもそうです。彼女は副院長の関心を引きたいんです。それしか考えていないと言ってもいいでしょう。だから柏手先生や他の看護婦と一緒にいる時は、最低限の仕事しかしないんです。こう言ってはあれですけど、女性には珍しくないタイプですよ」

うちに来てから、まだひと月ほどしか経っていません、と私は言った。

「慣れていないところもあるでしょう。見栄（みえ）を張っているとまでは言いませんが、他の看護婦より有能だと誇示したい気持ちはわからなくもありません。もう少し様子を見てみましょう」

そうするしかありません、とファイルを抱えた婦長が立ち上がった。

「試用期間三カ月ということで、仮採用しています。わたくしも彼女のことを悪く言いたいわけではないんです。その場その場で動き方が違ってくるのは、誰でもそういうところがあるでしょう。少なくとも、最低レベルの仕事はこなしていますし、問題はありません。ただ、既に彼女は他の看護婦たちから浮いています。本人はそれでいいと考えているようですが、病院はチームワークが大事ですから……トラブルが起きなければいいのですが」

ちょっと考えてみますとうなずいた私に、失礼しますと背中を向けた婦長が、首だけを曲げてため息をついた。

「気をつけた方がよろしいかと思います。雨宮さんは副院長に好意を持っているようです」

「好意？　彼女がうちで働くようになって、まだひと月ですよ？　診察室以外で話したこともほとんどありません。好意も何もないでしょう。それに、ぼくは婚約したばかりです。そんなことを言われても……」

副院長が婚約されたことを知っているのは、今のところわたくしと刈谷先生、その他何人かだけです、と婦長が言った。

「婚約はプライベートなことですから、病院の全スタッフに話す必要がないと考えておられるのは理解できます。ですが、なるべく早く全員に伝えるべきでしょう」

考えておきます、とだけ私は言った。正直なところ、婚約したことを花山病院に勤務しているスタッフたちに話すのはどうかと思っていた。

気恥ずかしい、ということもある。結婚式の日取りや式場が決まったら、全員に伝えるつもりだった。

話はそれだけですと言って、婦長が出て行った。それを待っていたように、携帯電話が鳴った。

「もしもし、リカです。今、大丈夫?」

私を含めた四人の医師は、それぞれの携帯番号をナースステーションに伝えている。緊急時のためだが、リカもそれを見て番号を知ったのだろう。

来客中だ、とわざと尖った声で答えた。友人でもないのに、こんな話し方をされる覚えはない。

ごめんなさい、と消え入りそうな声でリカが言った。現実の距離感もおかしかったが、電話になるとそれがより顕著だった。

「急ぎじゃないの。また掛けるから……お仕事中、ごめんね」

通話を切って、携帯電話をデスクに置いた。辞めさせた方がいいと一瞬思ったが、まだ試用期間中だ。仲代のこともある。強引なことはできない。

二カ月の辛抱だ、と備え付けの冷蔵庫から缶コーヒーを取り出し、プルトップを開けた。試用期間終了時に、本採用の決定をすると三人の看護婦には伝えていた。その時なら問題なく辞めさせることができる。

また電話が鳴り始めた。リカだろう。携帯電話をデスクの引き出しにほうり込むと、音が聞こえなくなった。

6

翌日の昼、午前中の診療を済ませて、エレベーターホールに足を向けた。

相変わらず外は日差しが強く、三十度を超える暑さだ。クーラーの利いている三階のカフェテリアで何か食べるつもりだった。

お疲れさまですという声に振り向くと、白衣のポケットに手を突っ込んだまま、博子先生が近づいてきた。どこか少年っぽい仕草がよく似合っていた。

カフェテリアですか、と博子先生が微笑んだ。この暑さだからねと答えた時、エレベーターのドアが開いた。

松葉杖をついた中学生が出てくるのと入れ替わりに乗り込み、三階のボタンを押すと、ゆっくりエレベーターが動き始めた。

「聞きましたよ、副院長」

博子先生の笑みが濃くなった。表情で真由美との婚約について言っているのだと思った。

刈谷先生に聞いたのかと尋ねると、違いますと首を振った。

「じゃあ、婦長から？　そんなはずはないんだけど……」

照れることないのに、と博子先生が私の顔を覗き込んだ。

「正直言うと、意外だなって感じです。副院長の好みって、ああいう人なんですね」

「彼女と会ったの？」

会ったというか、とポケットから手を出した博子先生が、暑いですねと首元を拭った。

「同じ病院で働いてるんですから、しょっちゅうすれ違いますよ。会ったとか、そんな改まった言い方をされると、ちょっと違うかな。科が違っていても……」

何のことだと話を遮ると、博子先生が意外そうな表情を浮かべた。

「いいじゃないですか、隠さなくたって。二人とも独身なんだし、悪いことをしているわけじゃないんですから。副院長の立場で、看護婦と付き合うのはどうなんだ、みたいなことを言う人もいるでしょうけど、あたしは別に構わないと思いますよ」

だから何の話だ、と私はエレベーターの階数標示板に目をやった。

「看護婦と付き合っている？　笑えない冗談だ。ぼくがそんなことをすると思ってるのかい？」

二歳下で年齢が近いこともあって、博子先生とは最初から関係が良かった。

さっぱりした性格で、いい意味で女性を感じさせないところにも好感を持っていた。妹のような存在、ということになるだろうか。

彼女の方も私のことを、副院長というより気の置けない先輩ぐらいに考えているはずで、婦長と刈谷先生を除けば、最も親しい。同じ病院で働く看護婦に手を出すような男だと、私のことを思っていたのか。

「だからびっくりしたんです」まさか大矢副院長がって、と博子先生が肩をすくめた。「でも、あたしは味方ですよ。医者と看護婦が付き合うのは、職場恋愛の一種ですからね。真剣だっていうんなら、応援します」

何を言ってるのかさっぱりわからない、と私は首を振った。

「そんなことはしていない。いったい誰がそんな下らないことを言ってるんだ？」

本人です、と博子先生が答えた時、エレベーターが止まった。

「本人？」

雨宮さんですよ、と博子先生が囁いた。ドアが開き、目の前を二人の入院患者が通り過ぎていった。

「雨宮さん？」

オウムですか、と博子先生が呆れ顔になった。

「同じことばっかり……そうですよ、本人が言ってるんです。副院長の方から交際してほしいと申し込んだそうですね。それも驚いてます。勝手なイメージですけど、副院長ってそういうことをはっきり言わないタイプだと思っていたので……」

「本人がそう言ったのか？　ぼくが彼女に交際を申し込んだと？」

直接聞いたわけじゃありませんけど、とエレベーターを出た博子先生が辺りを見回した。

「更衣室で何人かの看護婦に話していたそうです。言っておかないといけないと思うんだけどって、かなりもったいをつけたらしいですよ。他の人には言わないでと口止めしたとも聞きましたけど、別の看護婦たちにも副院長とお付き合いすることになったと言っていたそうですから、女心ですよね。嬉しくて黙っていられないんですよ、きっと」

事実無根もいいところだ、と私は壁を手のひらで叩いた。乾いた音が鳴った。

「彼女は外科部の看護婦だから、仕事で話したことは何度もある。医者と看護婦なんだから、当然だろう。ぼくも指示するし、彼女が質問することもある。だけど、個人的に話したことは一度か二度しかない」

私を見つめていた博子先生が、そうですかとうなずいた。

「又聞きだったんですけど、あたしも全部信じていたわけじゃないんです。何ていうか、副院長らしくない話だなあって……だけど、本人がそう言っていたというから、本当なんだろうって思い込んでしまって……すいません、軽率でした」

どこまで話が広がっているのかと聞くと、看護婦全員でしょうと答えが返ってきた。馬鹿馬鹿しいとつぶやいたが、面倒なことになったとわかっていた。

一度広まった噂を打ち消すのは難しい。どう対処すればいいのか。

リカはなぜそんなことを言ったのか。いつ、私があの女に交際を申し込んだというのか。

腹が立ってならなかった。

ちょっと戻る、と階段へ向かった。早いうちに手を打つ必要がある。不快な予感を抱きながら、階段を駆け下りた。

7

看護婦全員のシフトはともかく、外科部のローテーションは頭に入っている。今日、リカは休みだ。副院長室に戻り、ポケットから携帯電話を取り出した。

昨日、リカから電話があったが、出たのは最初だけで、それ以降は無視していた。いちいち相手をすることなどできない。

ただ、今に限って言えば、着信履歴が残っていたので、リカの携帯番号を調べなくて済んで助かった。

ナースステーションへ行けば、緊急連絡先はわかるだろうが、噂が広がっている中、番号を教えてくれと言ったら、火に油を注ぐようなものだ。

「もしもし、先生？」ワンコール鳴り終わらないうちに、リカが電話に出た。「ずっと待ってたんだよ、全然電話くれないんだもん。リカ、寂しかった」

そんなことはいい、と私はデスクの周りを歩きながら怒鳴った。

「自分が何を言ってるのかわかってるのか？　ぼくと付き合っているとか、そんなことを看護婦たちに言い触らしているそうだな。なぜそんな嘘をつく？」

大声出さないで、とリカが喚（わめ）き声をあげた。

「止めてよ、もう。照れるのはわかるけど、別にいいでしょ？」

いいから聞け、とゴミ箱を蹴飛ばした。

「ぼくは君に交際を申し込んでいないし――」

リカよ、と低い声がした。

「リカって呼んでって言ったでしょ？　忘れたの？　約束したじゃない」

「そんな約束はしていない。ぼくは君と付き合っていない。同じ病院の看護婦と付き合うような、モラルの低い医者じゃないんだ。何を考えているのか知らないが、冗談にしてはたちが悪すぎる。二度とそんな下らないことを言うな。婦長と話して、辞めさせることだってできるんだぞ」

怒らないで、とリカが小さな声で言った。

「リカ、怒られるの嫌い。怖いよ。大声出さないで。ゴメンなさい、リカがいけませんでした。つい何となく言っただけで、軽い冗談のつもりだったの」

もういいと怒鳴ると、リカが黙った。しばらく間を置いてから、聞いてほしいと私はゆっくり言った。

「もちろん、君としては冗談や軽口のつもりだったんだろう。看護婦は大変な仕事だ。息抜きも必要だし、無駄話やジョークを口にするのは、ストレス解消になる。だけど、嘘をつくのはよくない。他人の迷惑になるような作り事を言うのは間違ってる。それはわかるね？」

わかります、とか細い声で返事があった。泣いているようだった。

「あの時、君のおかげで助かった」感謝している、と私は言った。「でも、この件は違う。ぼくの立場はわかるだろう？　決して規模が大きいとは言えない病院だが、責任がある。副院長が看護婦に手を出すなんて噂が広まったら、花山病院の名前に傷がつく。叔父からこの病院を預かっているんだ。知られたらどうなると？　叔父はそういうモラルに人一倍厳しい。どれだけ怒るか――」

怒ってないよ、とリカが子供のような笑い声を上げた。

「すごく喜んでる。あなたのことが心配だったんだって。いい相手がいないかって探してたけど、留学していたから、しばらくは難しいだろうと思ってたそうよ。でもリカがいますって言ったら、それなら安心だなって——」

まさか。携帯電話を握りしめたまま、私は副院長室のドアを開けた。

8

エレベーターで四階へ上がり、一番奥の特別個室をノックした。返事を待たずドアを押し開けると、ベッドに叔父の姿はなかった。

左の窓に目を向けた。特別個室にはバルコニーがついている。叔父を乗せた車椅子を、リカが押していた。

どうしてこんなことが？　目の前の光景が信じられなかった。

何をしていると呼びかけると、先生、とリカが手を振った。

「叔父様が外を見たいとおっしゃったので、バルコニーに出ていたんです。毎日毎日ベッドの上で横になっているだけじゃ、つまらないでしょ？　ほら、叔父様も喜んでる」

マサフミ、と叔父が廻らない舌で言った。

「イイてンキダな……とテモキぶんがイイ……カノじょはいイコだ。ホかノかんごふとハチガウ……」

今日、君は休みだろうと私はリカに視線を向けた。

「今の時間、叔父の担当は吉川看護婦のはずだ。彼女はどこだ？　何をしてる？」

お昼ですよ、とリカが答えた。

「吉川さんだって、ランチぐらい食べないと倒れちゃいます。交替するっていったら、お願いしますって。つまり、リカはピンチヒッター」

すぐ呼び戻せ、と私は壁を叩いた。

「余計なことはするな。ここには三交替制で、二十四時間看護婦が常駐することになっている。食事時間もスケジュールに入っている。勝手なことをされたら、困るのはこっちだ」

そう言われても、とリカが首を傾げた。

「吉川さんがどこにいるか、リカにもわかりません。夕方まで戻らないんじゃないかな。リカが代わるって言ったら、吉川さんも喜んでたよ。大変だけどいいのって言われたけど、全然そんなことない。叔父様も喜んでくれてる」

君は休みのはずだ、ともう一度私は言った。

「吉川も吉川だ。いったいどういうつもりで……それはいい。彼女にはぼくの方から注意しておく。それより君だ。こんなことをしたって、休日出勤や残業にはならない」

ボランティアです、とリカが優しく微笑んだ。笑うと顔の歪みが強調されることに、初めて気づいた。

「……マさフみは、イイあイテをミツけたナ……」

呻くような叔父の声に、違うんですと言いかけて、思わず口を押さえた。叔父が笑っていた。

「やサしィコだ……いまマデのかンゴふとハチがウ……アイつらはミンナおなジダ……ワしのこトヲメイわくガルだけデ……リかハチがう……おマエをみナオしたヨ……」

大量の涎が胸元を濡らした。甲斐甲斐しく、リカがそれをふき取っている。何が起きているのか、私にはわからなかった。

交際を始めた頃、私は叔父に真由美を紹介していた。ロスに留学してからも、日本に戻った時は母を含め四人で食事をしたり、そんなこともあった。

真由美との結婚を意識していたためで、父親代わりの叔父といい関係を築いてほしいと願っていたからだが、案ずるより産むが易しで、叔父は真由美のことを気に入り、可愛がるようになった。

脳梗塞で倒れてからは、病み衰えた叔父の姿を見せたくないということもあり、真由美と会わせていなかったし、婚約したこともあえて伝えなかったが、叔父は真由美のことを忘れてしまったのだろうか。

　仮にそうだとしても、私とリカが交際していると、本気で信じているのか。そこまで思考力が落ちているのか。それともリカに何か吹き込まれ、騙されているのか。

　叔父の右手が、リカの手をしっかり握りしめていた。いつの間に、これほど親しくなったのだろう。

「院長、申し訳ありませんが、何か行き違いがあるようです。ぼくは……」

「イマはオマエのおジダよ」叔父が頬を引きつらせて笑った。「カタくるしクカんがえることハナい。シゴともダいじだガ、プライべーともタイセつにしなけレバイかん。ソウだよネ？」

　叔父様のおっしゃる通りです、とリカが叔父の頭を胸に抱き寄せた。不意に吐き気が込み上げて、壁に手をついて体を支えた。

「ダが、ひトツダけいっテオキたいこトガアる……まサフみ、こレハじんせイノせんぱイトシテノあどバイスだ……シゴとちゅうハトモかく、フタりきりノトきは、ナマえでヨンであゲナさい……ハズかしがルコトはなイ。モウたにンデはなイノダからな」

　いやだ、とリカが叔父の肩を強く叩いた。

「その話は叔父様とリカだけの秘密って言ったでしょ？　どうして昌史さんに言うの？　リ

カの方が恥ずかしくなっちゃう」

すねることはないと叔父が笑い声を上げた。それにリカの笑いが重なり、すべてが歪んで見えた。

ひとつ頭を振って、私は病室の内線電話でナースステーションを呼び出した。

「大矢だ。叔父の看護について、連絡ミスがあったようだ。今の時間、担当は吉川看護婦だね？　時間を勘違いしているらしい。彼女はポケベルを持っているはずだ。すぐ連絡して、戻るように伝えてくれ」

受話器を架台に戻し、規則ですから、と私は叔父の目を見つめた。

「院長は体調を崩しておられます。今は患者なんです。それはわかりますね？　指示と規則に従っていただかないと、病院のスタッフ全員が迷惑します」

「アイかわらズマジめだナ、オまえハ……トハいえ、シュジいのシじだ。しタガワんとな」

叔父は上機嫌だった。これほど聞き分けがいいのは、いつ以来だろう。

「吉川さんが戻るまで、叔父様と一緒にいてもいいでしょう？」

そう言ったリカに、駄目だ、と私は病室のドアを指さした。

「君はここから出てくれ。すぐ代わりの者を寄越す。とにかく来てくれ」

叔父が甲高い声で笑った。いつまでも続くその笑い声を背に、私はリカを促して特別個室を出た。

9

　誰かいるかと声をかけると、個室の病室から倉沢真利枝（まりえ）という中年の看護婦が顔を覗かせた。吉川が戻るまで叔父のことを頼むと言うと、小さくうなずいて特別個室に入っていった。

　いったいどういうつもりだ、と私はエレベーターホール脇にあるスペースにリカを立たせた。

「叔父に何を言った？　ぼくとの間に関係があるとでも言ったのか？」

　叔父様は他の看護婦が嫌いなの、とリカが体を震わせた。

「そりゃそうよ、当たり前じゃない。誰も叔父様のことを考えていない。邪魔で我儘で迷惑なだけの老人だと思ってる。あなたにはわからないの？　リカにはわかるだってリカもそうだったみんなそうみんな同じリカのこと馬鹿にして酷いことを言って酷いことをして許せないぜったいにゆるせない」

　異常な早口で、そこから先は何を言っているのかわからなかった。

　君には辞めてもらう、と私は静かに首を振った。

「試用期間は三カ月だが、君がうちの病院と合わないのは確かだ。今すぐ婦長に伝える。三カ月分の給料を支払うから、それでいいな」

「やっぱり、やりにくい？」嬉しそうにリカが笑った。「わかんなくもないよ。同じ職場だもんね。副院長って、それだけの責任があるから、こういうのは立場上良くないってことでしょ？　でも、別にいいと思うんだけどな。悪いことをしてるわけじゃないんだし、二人とも愛し合ってるんだし」

何を言っているのか、意味さえわからなかった。この女はおかしい。異常な妄想が頭の中で渦巻いているようだ。

私と交際しているという、ありもしない話を現実のものと思い込み、周囲に言い触らしている。

叔父に私たちが男女の関係にあると思い込ませ、味方につけた。放置しておくわけにはいかない。

「いいか、よく聞け。ぼくは婚約している。わかるか？　婚約者がいるんだ。来年の夏には結婚する。君と交際することはあり得ない」

ペアン鉗子、と唐突にリカが言った。

「あなたに返そうと思ってたの。あれ？　だけどどこに置いたんだっけ。ロッカーかな？

持って帰ったんだっけ。ねえ、どこにあるか知ってる？　リカ、忘れちゃった」

思わず一歩下がった。この女はどこまで正気なのか。どこまでが計算なのか。

仲代の体内に残っていたペアン鉗子。抜き取った時、床に落ちた。

それを拾い上げたこの女が、自分の手術着のポケットに入れた。はっきり覚えている。

あの時、私には余裕がなかった。ペアン鉗子を取り出したことで安堵(あんど)していたし、それ以外何も考えられなかった。

あのペアン鉗子を、この女は持っている。仲代の血液がついた鉗子。それは医療ミスの証拠だ。

この女はそれを知っている。知っていて、脅している。

不快な臭いが私の体を包んでいた。目の前がぼやけ、何もかもが滲んで見える。目に見えない細い糸に搦(から)め捕られるような感覚に、止めろと叫んで、飛び下がった。

「何が目的だ？　金か？　そうだな？　鉗子を返せ。いくら払えばいい？」

何言ってんの、とリカがゆっくり首を傾げた。

「リカ、お金なんかいらない。あなたが一緒にいてくれたら、それだけでいいの」

頼む、と私は頭を下げた。土下座してもいいと思った。

「鉗子を返してください。何でも要求に応じます。だから――」

わかるよ、とリカが大きくうなずいた。急に臭いが薄れ、ぼんやりしていた視界がはっきりした。

「リカとのこと、二人だけの秘密にしたいんでしょ？　意外とロマンチックなんだね。そういうの、嫌いじゃない」

後頭部に鈍痛が広がっていく。重いハンマーで、ゆっくり、何度も叩かれているような痛み。

「わかりましたってば。もう誰にも言いません。そうだよね、何か幸せ自慢しているみたいで、感じ悪いよね。ゴメンなさい、リカ、失敗しちゃった。でも、許してくれるでしょ？昌史さんは優しい人だから、全部許してくれる。そうだよね」

エレベーターのドアが開き、吉川が出てきた。来てくれ、と私は声をかけた。

「院長の看護がシフト制になっているのを、雨宮さんは知らなかったんだ。君に良かれと思って、交替を申し出たようだが、そういう形でシフトを崩すのは良くない。この時間は君の担当だ。仕事に戻ってくれ」

目を伏せたまま、吉川が叔父の個室に向かった。鉗子、捜しておくね、とリカが囁いた。

「見つけたら返します。だって、病院の物だもんね。リカが持ってたら、泥棒になっちゃう」

すぐだ、とだけ言って私はエレベーターのボタンを押した。その代わり、ひとつだけお願い聞いて、と甘えた声でリカが言った。

「二人きりの時は、ちゃんとリカって呼んでね。大丈夫、仕事は仕事、プライベートはプライベートってわかってるから。リカ、そういう切り替えは得意なんだ」

ドアが開いた。答えないままエレベーターに乗り込み、閉のボタンを押したが、リカの方が速かった。

突き出された足に跳ね返るように、ドアが閉まっては開いている。特別個室から倉沢が出てきたのが見えた。

約束するとうなずくと、リカが足を引いた。ゆっくりとドアがしまった。

思いきりエレベーターの壁を拳で殴りつけた。鈍い音が広がった。

10

八月二十七日、私と三人の医師、そして婦長の五人で会議を開いた。仮採用した三名の看護婦について、各科の医師から意見を聞きたいと婦長から提案があったためだった。

今日で契約から二カ月になります、と婦長が口を開いた。

「試用期間は三カ月ですが、本日先生方にお伺いしたいのは、それぞれの看護婦に対する評価です」

評価っていうほどのことはありませんよ、と刈谷先生が笑い声を上げた。

「意見を言えってことですよね？　うちの工藤さんに関して言えば、十分ですよ。少し愛想はないですけどね」

わたしも特に、と博子先生が首を振った。

「相川さんはよく頑張ってくれています。まだ若いし、要領が悪いところもありますけど、そこは仕方ないと思っています」

外科はどうですか、と婦長が視線を向けた。雨宮さんですか、と柏手先生が空咳をした。

「別に問題ないでしょう。体臭の件も思っていたほどじゃありませんし、積極的ではないにしても、確実に仕事をこなしています。どうですか、副院長」

私は小さくうなずいた。ですが、他の看護婦とうまくいっていないようです、と婦長が言った。

「二カ月でそれはちょっとどうかと……花山病院にはチームワークを大事にするという内規があります。病院はひとつのチームですから、和を乱す者がいると、全体の雰囲気が悪くなります。個人的な意見ですが、試用期間の満了を待つ必要はないと思います」

「辞めさせるってことですか？」

驚いたように刈谷先生が目を見張った。そういうことになりますとうなずいた婦長に、どうですかね、と柏手先生が首を捻った。

「婦長の立場はわからなくもありませんが、現場の人手不足は否めません。どこの病院も、看護婦が足りないと悲鳴を上げています。また募集をかけたとしても、彼女以上の人がいるかどうかわからないじゃないですか」

いつもなら、柏手先生はめったに自分の意見を言わない。なぜ今日に限って、リカをかばうようなことを言うのか。

仲代の手術の際、何があったか知っているのだろうか。だから強気なのか。

柏手先生はあなたのこと大嫌いだもの。リカの声が頭の奥で響いた。

そういう人じゃないと自分に言い聞かせたが、疑心が広がっていくのを止めることはできなかった。

この人は私を追い落とそうとしているのではないか。本心では嫌っていたのか。

ただ、現実問題として看護婦不足は事実だ。その意味で、意見としては正しかった。

誰もリカの正体に気づいていない。仕事面ではそれなりに優秀な看護婦だし、他とのコミュニケーションに難があったとしても、致命的な欠点とは言えないだろう。

三カ月待つ必要はないということですが、と柏手先生が口を開いた。

「慌てて辞めさせる必要もないでしょう。どうせあと一カ月です。その段階で判断すればいいのではありませんか？」

わたくしは彼女の採用に反対でした、と婦長が顔を伏せたまま言った。

「内田前理事長の推薦であってもです。ただ、三カ月の仮採用ということで契約していますから、今のまま働いてもらうしかないのでしょうけど……」

三人の医師が婦長を見つめている。らしくない、と思っているのだろう。

はっきりした理由もないのに、辞めさせるべきだと繰り返しているのが不思議なようだった。

何か問題があったんですか、と刈谷先生が手を挙げた。

「外科部の看護婦ですから、ぼくや博子先生にはわからないところもあるんでしょう。しかし、特に気になるようなことはないと思うんですがね。他の看護婦とうまくいっていないというのも、単純に不慣れなだけなんじゃないですか？　あるいは、性格的に人見知りとか……」

そうかもしれません、と婦長が目をつぶったままうなずいた。肩をすくめた刈谷先生が、私に顔を向けた。

「大矢副院長、どうお考えですか？」

顔を上げた婦長が、私の目を見つめた。すがるような視線だった。

雨宮リカを含めた三名の看護婦は、あくまでも仮採用の身だ。とはいえ、普通なら試用期間が終われば本採用となる。

だが、花山病院は個人病院で、院長、もしくはその代理を務める者が雇用の権限を持っている。乱暴な言い方になるが、好き嫌いだけで採用か不採用かを決めることも可能だった。

他の三人の医師が反対しても、私が婦長の側につけば、雨宮リカを不採用にすることができる。

もちろん、雨宮リカを辞めさせたかった。彼女は常軌を逸しているところがある。看護婦として有能であっても、何をするかわからない。このままではまずい。そう叫びたかった。

ただ、私には弱みがあった。彼女は医療ミスの証拠である鉗子を持っている。

明確な理由もなく、何となく気に入らないから採用しないというのでは、誰も納得しないだろう。この場にいる全員が同意しているならともかく、そうではなかった。

柏手先生は婦長の意見にはっきり反対しているし、他の二人も雨宮リカについて問題を感じていない。強引なことはできなかった。

「試用期間は三カ月です。その時点で結論を出しましょう」

私の回答に、諦めたように婦長がテーブルのファイルを取り上げた。

「副院長がそうおっしゃるのであれば、わたくしも従います。ひと月後に最終的な判断をするということで、それまで結論は保留。よろしいですね」

結構です、と刈谷先生が立ち上がり、博子先生がその後に続いた。一瞬婦長と目が合ったが、それだけだった。

11

週末の日曜、真由美と食事をした。九時には病院に戻らないと、と席に着くのと同時に真由美がため息をついた。

研修医に決まった休日はない。一勤一休が基本だが、病院の都合が優先される。真由美に限らず、研修医は皆同じだ。

昨日の朝八時から、今朝の八時まで、二十四時間病院に詰めていたが、夜十時からの夜勤を命じられたという。当然、アルコールは飲めない。

私たちが会っていたのは銀座の洋食店で、ハンバーグライスとエビドリアを食べながら、二時間ほど話した。

それだけのデートだが、楽しい時間だった。体はともかく、精神的に疲弊（ひへい）していた私は、真由美と一緒にいて話すだけで安らぐことができた。

いい看護婦はいないかな、と食後のコーヒーを飲みながら私は言った。

「人手不足で困ってる。海林（かいりん）大病院はどう？」

今、真由美は御茶ノ水の海林大学附属病院で働いている。この前三人採ったって言ってたじゃない、と真由美がアイスティーをストローでかき回した。

「それでもまだ足りないの？」

「そういうわけじゃないんだけど」なかなか難しくてね、と私は右肩を回した。「ある程度経験がある人の方が、むしろやりにくい。うちのやり方に合わない看護婦がいてね。注意しても直そうとしない。何度言っても同じで、手間がかかるだけだ。ちょっと参ってる」

わからなくもない、と真由美がアイスティーをひと口飲んだ。

「大変だよね、上に立つのも……あたしの家みたいな小さいクリニックなら、そこはあんまり考えなくていいけど、花山病院はそれなりに大きいし、看護婦も多いから、気遣いとかいろいろ苦労があるのはわかる気がする」

愚痴になってすまないと言うと、気にしないで、と真由美が微笑んだ。

「いつもはあたしが聞いてもらってばかりだから、たまにはいいじゃない。辛い時は言ってよ。あたしたち、結婚するんだから」

病める時も健やかなる時も、と私は彼女の手を握った。そういうこと、と真由美がうなずいた。

雨宮リカのことを話せば、真由美はわかってくれるだろう。だが、そうすると仲代の件に触れなければならなくなる。

あの時のことを、私は後悔していた。自分のミスを糊塗するために、医師として許されないことをしてしまった。

誰にも言えない。真由美にさえもだ。

いや、真由美だからこそ言えなかった。リカの行動は異常だが、詳しく話せば不安になるだろう。心配をかけたくなかった。

ただ、幸いなことに、その後問題は起きていない。退院してから、仲代は何度か通院して、私も経過を見ていたが、前にも増して元気な様子だった。

前回の診察の時は、こんなことならもっと若い頃に切っておけばよかったと話していたぐらいだ。

忘れよう、と頭を振った。試用期間の三カ月が終わるまで、もうひと月を切っている。

その時点でリカを辞めさせれば、すべてがなかったことになる。安易な決着の付け方かもしれないが、それ以外解決策はない。

そろそろ行かないと、と真由美が左手のカルティエに目をやった。私たちの口から、同時にため息が漏れた。

私の手に自分の手を重ねた真由美が、ずっと一緒にいたいとつぶやいた。

手を握り返し、そうだなとうなずいてから、これじゃ高校生カップルだと笑った。本当だね、と真由美が目をこすった。

レジで支払いを済ませ、店を出た。送っていくと言ったが、駅まででいいと真由美が首を振った。

「心配しないで。あなたも今日は早く帰った方がいい。すごく疲れた顔してるもの」

そんなことはない、と腕を組んだまま銀座駅まで五分ほど歩いた。御茶ノ水へは丸ノ内線で一本だ。

本当に送らなくていいのかと言うと、小さく笑った真由美が左右に目をやり、素早く私にキスをした。

「じゃあ、送らせてあげる……ゴメン、冗談。本当はもっと一緒にいたい。御茶ノ水の駅まで、送ってくれる？」

もちろん、とうなずいて切符売り場に向かった。

最近、何だか変な感じがするの、と隣に並んだ真由美が声を潜めた。

「何て言うのかな……誰かに見られている気がして」

「見られている？」

美人の辛いところ、と真由美がハンドバッグを抱え込むようにした。

「男の人はあたしのこと、どうしても気になっちゃうんだよね……ねえ、笑って。ジョークなのに」

ストーカーと呼ばれる者がいる、と私は言った。少し前、レベッカ・シェイファーという女優が執拗な付きまといを受けた揚句、殺害されるという事件がアメリカで起きていた。ストーカーにはある種の精神的な疾患があるという論文が発表されており、私もそれを読んでいた。

日本でその種の事件は起きていないが、気をつけた方がいいと改札を抜けながら言った。

「確かに君ぐらい美しい女性なら、狙われたっておかしくない……むくれるなよ、君のジョークに乗っただけじゃないか」

ホームに降りると、赤い電車が入ってきたところだった。真由美の背中に手を当てて乗り込もうとした時、足が止まった。

車体にぼんやりと映っている人影。棒のような体つきの女。

振り返ったが、誰もいなかった。降車した人たちが改札に向かっているだけだ。見間違いだとつぶやいて、車内に足を踏み入れた。あれは違う。そんなはずがない。

発車ベルが鳴り、ドアが閉まった。電車が走りだしていた。

12

「その後、どうですか」

痛みはありません、と近藤佳織（こんどうかおり）が左腕を差し出した。三十歳の専業主婦で、夫は中古車販売会社の専務だ。

豊満、という表現がぴったりのグラマラスな体形で、色気のある女だ。いつも体の線がはっきりわかる服を着ている。

ひと月ほど前、自宅で転倒し、左手首を捻挫した。症状は軽かったが、治療のため週に一度通院していた。

包帯を外すと、腫れは完全に引いていた。手を取って内側に曲げると、かすかなため息を漏らした。どうも苦手だ、と私は顔を逸らした。

過剰に色気のある女性を敬遠するのは、多くの男が同じだろう。佳織はそういう女性の典型だった。

暇を持て余した三十歳の人妻。官能小説にでも出てきそうなタイプだ。

無意味に体を押し付けてくるが、止めてくださいとも言えない。医者というのも、なかなか難しい仕事だ。

包帯を替えるように指示すると、無言でリカがうなずいた。痛み止めを処方しておきます、と私は言った。

「もし痛むようであれば、頓服（とんぷく）として使ってください。炎症は治まっていますが、念のためです。もう通院しなくても大丈夫ですよ」

そうなんですか、と佳織が上目遣いで私を見た。

「何だか残念……ねえ、先生。この前の話、考えていただけました？」

いいえ、と首を振った。治療の礼として食事に誘われていたが、私にそんなつもりはなかった。

患者が医師に感謝の念を持つのは、よくあることだ。菓子折りを持参する患者は多いし、花山病院でも一回に限り受け取ることが慣例になっている。

ただ、食事となると話は別だ。丁重にお断わりするしかないし、特に佳織のような女は要注意だった。

「そんなに堅く考えないでください」空いていた右手で、佳織が私の肩を撫でるようにした。「単なるお礼です。先生のおかげで治ったんですから、それぐらいさせてもらってもいいでしょう?」

治療はぼくの仕事です、と立ち上がってカルテを棚のファイルに戻した。そうでもしないと、佳織の手が肩から離れそうになかった。

痛い、と佳織が小さく叫んだ。

「看護婦さん、そんなにきつく縛らないで……ねえ先生、いいでしょう? このままだと気が済まないっていうか……」

お気持ちだけで十分ですと微笑を浮かべた私に、連絡しますからと言って、佳織が診察室を出て行った。

舌打ちの音が聞こえた。一度ではない。何度も何度もだ。

「次の患者を」

別のカルテを取り出し、それを読むふりをしながらリカに視線を向けた。マスクをかけているが、口元が動いているのがはっきりわかった。

看護婦の仮採用が決まった時、婦長が三人を副院長室へ連れてきた。仮採用とはいえ、三カ月、あるいはそれ以降も花山病院で働くのだから、お互いに挨拶をしておく必要があった。

あの時、舌打ちに似た音を聞いていたが、何かの間違いだろうと思った。紹介の場で、舌打ちする者などいるはずもない。

だが、そうではなかった。あの時聞こえた音は、リカの口から発せられた舌打ちだった。

不愉快なことがあると我慢できず、それが舌打ちになる。リカはそういう女だった。

あの時、何もなかったことを私は知っている。婦長が三人の看護婦を引き合わせ、少し話しただけだ。挨拶以上の意味はなかった。

何がリカを不快にさせたのか、それも今はわかっている。私が平等に三人の看護婦に話しかけたからだ。

自分を特別扱いしないこと、それ自体がリカには不快だったのだ。

今もそうだ。近藤佳織が私に示していたのは、患者としての感謝だったが、媚態でもあった。過度な馴れ馴れしさがあった。

私も決して愉快ではなかったが、人それぞれだと苦笑するしかない。それで終わらせるつもりだった。

だが、リカは我慢できなかったのだろう。佳織の態度が苛立ちの種となった。

リカの中でその種は急激に成長し、あっと言う間に枝葉がつき、巨木となった。木の名前は〝怒り〟だ。

リカは感情を制御できない。今はまだいい。舌打ちで済むなら、いくらでもすればいい。

だが、限界を超えたらどうなるのか。膨れ上がった怒りと苛立ちの矛先は、どこへ向かうのか。

異臭を感じて、私は窓を開けた。感情の抑えが利かなくなると、リカの体臭は濃くなる。しばらく前から、それに気づいていた。

ひと月の辛抱だ、とペンを握った。いや、もうひと月を切っている。今はこれ以上リカを刺激しないことだ。

あれから何度か、ペアン鉗子を返すように言ったが、リカは言を左右にして、それを拒んでいた。どこにあるのかわからない今、辞めさせることはできない。

リカは私の医療ミスの証拠を握っている。試用期間満了の前に、理由もなく辞めさせたら、彼女の感情がどんな形で爆発するかわからなかった。

ただ、ペアン鉗子が医療ミスの絶対的な証拠となるわけではない。仲代の血液が付着していても、手術中に使用した物だと言えば、誰もがそれを信じるだろう。

リカが医療ミスを訴えたとしても、仲代が認めなければそれまでだ。そして仲代の回復は順調で、体調も元に戻っている。まだ通院は続いているが、一カ月以内にそれも終わるはずだ。

あの時何があったかをリカに聞かされても、治ったのだから構わないと言うだろう。仲代の気性から考えて、それは間違いなかった。

今は時間を稼がなければならない。仲代が完治すれば、私の医療ミスはなかったことになる。

次の患者が入ってきた。バイクで転倒した高校生で、顔の左側にある傷から血が垂れていた。見た目より深い。消毒の準備を命じてから、私は縫合の準備を始めた。

13

その日の診察を終えて通路を歩いていると、二人の看護婦が駆け寄ってきた。森田喜久子と杉山史子、二年前から花山病院に勤務している同期で、二十五歳と二人ともまだ若い。

お疲れさま、と私が軽くうなずくと、杉山の手を握った森田が、聞いてくださいと笑顔になった。

「副院長、史子ちゃん、結婚するんです！」

良かったな、と足を止めた。杉山史子が栄応医大病院で働いている川勝昇治という医師と交際しているのは知っていた。川勝は私の四期後輩で、年に数回飲む仲だ。

先週、プロポーズされました、とはにかんだ笑みを浮かべた杉山が頭を下げた。

「先輩によろしく伝えておいてくれって、彼に頼まれました」

とにかくおめでとう、と私は杉山の肩を叩いた。

「久しぶりにいい話を聞いた気がするよ。よろしくって、何のことだ？　まさか……辞めるとか言うんじゃないだろうな」

言いませんよ、と杉山が顔を真っ赤にして笑った。

「彼は大学の勤務医だし、開業医になる予定もないんで、あたしが働かないとちょっと苦しいかなって。そうじゃなくて、大矢副院長を結婚式に招待するつもりなんですけど、スピーチをお願いしたいって彼が言ってるんです」

苦手だな、と私は唇をすぼめた。

「そういう柄じゃないんだ。わかるだろ？　よろしくって言われても困る」

いいじゃないですか、と森田が私の腹を肘でつく真似をした。

「うちの副院長なんですからね。院長先生はご病気ですから、副院長にお願いするのが筋でしょう？　大きく言えば、史子ちゃんの上司になるわけだし」

二人は内科担当だが、花山病院で働いているのだから、森田の言うことも間違いではない。

「刈谷先生に頼んだ方がいいんじゃないか？　言ってみれば杉山の直属の上司だ。刈谷先生がスピーチするべきだよ、それこそ筋だろう」

もちろんお願いしました、と森田が言った。結婚するのは杉山なのだが、自分が花嫁になった気でいるようだ。

二人が親友なのは、病院内の誰もが知っている。杉山の結婚が自分のことのように嬉しいのだろう。

「刈谷先生も同じことを言ってました。まず副院長と話してほしいって。いくら内科の看護婦でも、副院長を差し置いて自分がスピーチするわけにはいかないとか何とか……お二人でスピーチをしてもらうとか、そんな形でもいいと思うんです」

お願いします、と二人が揃って頭を下げた。わかったわかった、と私はうなずいた。

「改めて、結婚おめでとう。川勝は少しがさつなところもあるけど、いい奴だ。幸せにしてくれるよ。お祝い事だから、喜んでスピーチさせてもらう。得意じゃないし、喋るのは刈谷先生の方が上手だから、ぼくは刺身のツマだけどね」

ありがとうございます、とまた頭を下げた森田が杉山の手を握った。本当におめでとう、と私は二人の肩を軽く叩いた。

「とにかく、辞めないでほしいな。知っての通り、うちは他の病院より出産と子育て休暇が長いし、ケアする体制も整っている。君みたいな優秀な看護婦を川勝専属にするのは、社会的損失だ」

　私の冗談に、二人が笑い声をあげた。いいなあ、と森田が少しだけ口を尖らせた。

「あたしも結婚したい。彼氏にも、史子ちゃんが結婚するって話したんですよ。だけど、ふうんとか、そうなんだとか、それしか言ってくれなくて……あたしと結婚する気、ないのかな」

　そんなことないって、と杉山が首を振った。

「ヒロくんは喜久ちゃんのこと大好きだもん。しょっちゅうのろけてる。タイミングを待ってるんだよ」

　式はいつなのかと聞くと、十二月ですと杉山が答えた。

「プロポーズされて、その日のうちに結婚式場の予約を取りに行ったんです。そしたら、いきなり十二月の大安にキャンセルが出たって……何か、いろいろうまく行き過ぎて、ちょっと怖いぐらいなんですけど」

　そういう運命なんだよ、と私はうなずいた。

「ぼくも結婚していないから、先輩面はできないけど、うまくいく時ってそういうものらしい。流れに従っていればいいんじゃないか？　詳しいことはまた今度聞くよ。何かプレゼントも考えないとね」

あの、と言いかけた森田が口を閉じた。振り向くと、廊下の奥を痩せた白衣の女が横切っていくのが見えた。

14

九月十日、いつものように朝八時に病院に出勤して、副院長室に入った。ミナト証券の野島課長に電話を入れたが、席を外しているという。

連絡してほしいと伝えて、受話器を置いた。私が持っている三十ほどの銘柄のうち、十社が大きく値を下げ、二社はストップ安になっていた。

こんなことは初めてで、相談したかった。場合によっては、売った方がいいのかもしれない。

ジャケットを脱ぎ、ワイシャツ姿のままデスクに座り、貼ってあった付箋に目をやった。昨日婦長と話して、結論を出していた。

あと半月あまりで、新規に採用した三人の看護婦の試用期間が終わる。本採用はその時点で決めることになっていたが、雨宮リカは不採用ということで、私と婦長の意見は一致していた。

私もそうだが、婦長の中でそれは決定事項だった。面接の時からそう思っていましたと繰り返し、辞めてもらうしかありません、と何度も言った。

その通りだと思ったが、面接の時からというのがわからなかった。理由を聞いたが、はっきりしたことは言わない。ただ、何かを恐れているような表情を浮かべるだけだった。

仲代の虫垂切除手術後の経過に問題がなかったため、私も自分の意見を明確に言えるようになっていた。後はどう穏便に処理するかだけで、そこは婦長に一任していた。

他の医師たちに意見を聞くと、異論が出るかもしれなかったが、それは副院長の権限で抑えることができる。

喉に刺さった小骨が取れたように、気分はすっきりしていた。あと半月で、静かな日々が戻ってくる。

ノックの音がした。顔を覗かせた刈谷先生が、参りましたよと言いながらドアを後ろ手に閉めた。

「相場の動きが激しくて、仕事が手につきません。副院長の方はどうです？」

野島課長に電話を入れたところです、と差し出された缶コーヒーを受け取って、椅子を勧めた。

「正直、株については素人ですからね。ぼくの持っている株も、二つストップ安になっています。他もいくつか値下がりしていて、今までとは違う感じがします。とにかく話を聞いてみないと……」

電話が鳴った。野島課長でしょうとうなずいて手を伸ばすと、女性の悲鳴が受話器から漏れた。

「大矢副院長、原口です」

副婦長の原口だった。声が上ずっている。

「急患か？　交通事故？」

診療時間前の急患で最も多いのは、交通事故による負傷者だ。二カ月に一度ほど、そういう患者が搬送されてくる。

「違います」原口の叫ぶ声がした。「婦長が階段で転倒して……」

「婦長？」

小山内婦長です、と原口が声を詰まらせた。

「落ち着け。場所は？」

三階ですという返事に、刈谷先生が副院長室を出て行った。状況は、と私は尋ねた。

「怪我をしているのか？　意識は？」

「……呼びかけていますが、返事はありません。意識を失っているようです。怪我をしているか、それはちょっと……」

「自発呼吸は？」

していますが、脈が微弱ですと原口が言った。

「四階の階段で、足を滑らせたようです。床に靴跡が残っていました。鋏やガーゼなど備品を載せたトレイを持って下りようとしたのだと思います。階段のそこら中に備品が散らばっていますから……かなり酷(ひど)い落ち方をしたようです。踊り場を越えて、三階で倒れていたのを看護婦が見つけました。今、刈谷先生がこちらに――」

代わってくれと言うと、すぐ刈谷先生の声が聞こえた。

「副院長、ざっと確認しました。意識はありません。右手首の単純骨折、左足首の開放骨折あり。特に足はまずいです。至急手術の必要があるでしょう」

「他は？」

首の骨が折れているかもしれません、と刈谷先生が低い声で言った。

「どの部位かは、X線検査をしないとわかりません。意識消失は脳震盪(のうしんとう)によるものだと思います。前頭部に打撲跡があります。手術室に運びますが、構いませんね？」

慎重に、と私は受話器を握りしめた。

「頸椎(けいつい)圧迫骨折の恐れがあります。四肢麻痺の可能性も……いや、ぼくがそっちへ行きます。

外科医が対処した方がいいでしょう」

ストレッチャーが来ました、と刈谷先生が叫んだ。

「どうします？　手術室に運びますか？」

まず呼吸の確認を、と私は額の汗を手のひらで拭った。

「気道確保の挿管準備をお願いします。ぼくが行くまで、婦長に触れないように。いいですね？」

返事を待たず、電話を切った。手首の骨折は心配ない。足首の開放骨折も処置は可能だろう。

だが、頸椎の圧迫骨折は危険だ。最悪の事態も起こり得る。

廊下に出ると、数人の看護婦が走っていた。その後を追って、私も階段へ向かった。

カルテ3　冷たい雨

1

　三階に上がり、小山内婦長の顔を見ると、薄く開いた瞼の奥で眼球だけが細かく震えていた。

　だが、それだけだった。手足、指一本動かすことができずにいる。声をかけたが、反応もない。

　婦長の口に人工呼吸器を強く押し当てた刈谷先生が、酸素リザーバーバッグを握っては放す動作を繰り返していた。自発呼吸も停止しているようだ。

　これを頼む、と刈谷先生が看護婦の一人にリザーバーバッグを渡して立ち上がった。脊損ですねと囁くと、無言でうなずいた。

脊髄損傷、略して脊損と呼ぶが、婦長の状態はその中でも最悪の頸髄損傷と考えられた。四肢の麻痺に加え、呼吸筋麻痺も起きているようだ。眼球頭反射があるのが救いだが、慰めにはならない。

まだ精密検査をしたわけではないから、正確なところは不明だが、今後手足を動かすことはおろか、自発呼吸、食事、排泄もできなくなる可能性が高い。

会話もできず、すべての感覚を失い、車椅子生活を余儀なくされることになるだろう。そして、それは死ぬまで続く。

中枢神経の損傷を治療することは、誰にもできない。婦長は生ける屍(しかばね)も同然だった。

慎重に婦長をストレッチャーに移し、レントゲン室に運んで体の全部位をX線で撮影した。右手首の骨折、左足首の開放骨折以外にも、頭蓋骨に罅(ひび)が入っていた。

レントゲン写真から頸髄が完全損傷していることが確実になり、残されていたかすかな希望も消えた。

今後、延命措置を続ける以外、私たちにできることはない。

「よほど酷い落ち方をしたんですね」シャウカステンの前に置いたレントゲン写真を見ながら、刈谷先生がため息をついた。「不運としか言いようがありません。交通事故でこういう損傷を受けた患者をたまに見ますが、階段から落ちただけでここまで酷い状況になるというのも……」

副婦長の原口の話によると、婦長は四階の階段で足を滑らせ、そのまま転落したようだった。

花山病院はいわゆる折り返し階段を採用しており、踊り場を挟むコの字形の構造になっている。歩行が不自由な患者が多い病院では、安全性確保のためほとんどが折り返し階段になっているはずだ。

直階段より勾配も緩やかになるし、万一転倒しても、途中の踊り場で止まるから、危険性は低い。

どんな落ち方をしたんですかね、と刈谷先生が首を捻った。

「踊り場を越えて三階まで落ちるというのは……よほど勢いがついていないと、そうはならないでしょう」

何でこんなことに、と私は額を二本の指で押さえた。病院の階段では、転倒事故がたまに起きる。患者より、むしろ看護婦に多い。

緊急事態が起きれば、階段を駆け下りることも珍しくない仕事だ。私自身、焦って段を踏み外し、転んだことが何度かあった。

だが、転落となると話は別だ。花山病院の医師、看護婦、職員、全スタッフの中で最も冷静な小山内婦長がそんな事故を起こすなど、考えられなかった。

悪い夢を見ているようだ。まだ診療時間前だったのに、何をそんなに急いでいたのか。

診察室に入ってきた柏手先生が、手首の骨折の処置が終わりました、と私と刈谷先生を交互に見た。

「足首の方も、開放骨折としてはそれほど酷くありません。頭蓋骨の罅もです。今から開放創の手術を始めようと思いますが」

急ぎましょう、と私は立ち上がった。開放骨折は感染症のリスクが高いため、早期手術が望ましい。

小山内婦長にとって唯一の幸運は、転落事故を起こした場所が病院だったことだ。事故から検査、診断まで三十分ほどしか経っていない。そして医師や看護婦も揃っている。治療態勢は万全だった。

治ったところで、と刈谷先生がつぶやいた。骨折の手術は成功するだろうが、婦長にとって意味はない。彼女は痛みさえ感じていないのだ。

診察室に沈黙が流れた。私も柏手先生も、刈谷先生の言葉の意味はよくわかっていた。それでも、骨折の手術はしなければならない。

準備をと囁くと、しかめ面でうなずいた柏手先生がドアを大きく開いた。

2

小山内婦長の治療を柏手先生に任せ、通常通りの時刻に外来診療を始めた。

提携している杏香(きょうか)医大に連絡を入れ、脊損の専門医を呼んでいたため、その後の措置については問題なかったが、医師、看護婦、職員、全スタッフが混乱していた。

病院では医師の立場が絶対的に強い。命令系統のトップは医師であり、看護婦や職員たちはその指示に従わなければならない。

だが、これは建前で、実質的に病院をコントロールしているのは、看護婦たちをまとめている婦長だ。

患者のケアを含め、全スケジュール管理を婦長に任せることで、医師は患者の治療に専念することができる。責任感が強く、献身的な小山内婦長を失ったダメージは大きかった。

とりあえず副婦長の原口を婦長代理にすることで急場を凌(しの)ぐしかなかったが、彼女の性格は私もよく知っていた。

四十代半ばで、経験も長いが、積極的とは言えない。二十人の看護婦をまとめていく統率力は期待できなかった。

原口本人も固辞したが、年齢や経験から考えると、適任者は彼女しかいない。最終的に了解したものの、今後、私の負担が増えることになるのは目に見えていた。

看護婦たちにとっても、絶対的なリーダーだった小山内婦長の事故はショックだったようだ。

扇の要を欠いたことで、全員の心がバラバラになっていた。外科、内科、小児科、全科で小さなトラブルが頻発していた。

夕方、杏香医大の医師の判断で、小山内婦長を四階の個室に入院させることが決まった。花山病院で頸髄を完全損傷した患者のケアは難しいと私は考えていたが、杏香医大の医師は首を振るだけだった。

どこに入院させても同じだという意味だ。指示に従うしかなかった。

夜八時過ぎ、ようやくひと区切りついた。気が重かったが、私は四階の特別個室に向かった。

叔父に報告しなければならない。叔父と小山内婦長の関係を考えれば、それは絶対の義務だった。

叔父と婦長はお互いの立場を尊重し、理解し合い、助け合っていた。ある意味で、夫婦以上に親密だっただろう。今の花山病院があるのは、二人の努力によるところが大きい。

明日にしてもいいのではないかという思いが一瞬頭を過ったが、いずれはわかることだった。

婦長は毎日一度、叔父の病室を訪れ、世間話をする習慣があった。既に、叔父は異変に気づいているだろう。それなら、今日のうちに話しておいた方がいい。

特別個室をノックすると、すぐにドアが開いた。目の前にリカが立っていた。

どういうことなのかわからないまま、何をしている、と私は囁いた。

「叔父様のお見舞いです」

今日は休みだから、とリカが私の手を取った。粘りつくような感触。

「昌史さん、入って入って。今、叔父様にあなたの小さい頃の話を聞いてたの。足が速かったって本当？　運動会でリレーのアンカーだったなんて意外。勉強だけじゃなくて、スポーツ万能だったんだね。ああ、いいなあ。同級生の女の子たちが羨ましい。きっと席替えのたびに、あなたの隣に座りたいって思ってたんだろうな。リカ、ちょっと悔しいかも。その頃のあなたを見ていたかった。でも、しょうがないよね。だってリカは違う小学校だし、それは仕方ないってわかってるでもこれからはずっとそばにいるから」

院長に話がある、と私はリカの手を払ってベッドに近づいた。

まサふミか、と叔父が顔を向けた。笑みが浮かんでいた。

「院長、お伝えしなければならないことがあります。小山内婦長のことですが――」

キいた、と笑みを浮かべたまま叔父がリカに視線を向けた。

「ジこガアッたそうダな……カワいそぅに、ゼンシんまひダソうだが、ツラいはなシダ……ウんめいとはざンコクなモノだナ。かんがエタダケで、ナミだがでテくるよ」

言葉とは裏腹に、叔父の笑みが濃くなっていた。まさか、小山内婦長の事故を笑っているのだろうか。

違う、と私は頭を振った。脳梗塞のため、叔父は神経にダメージを負っている。副交感神経に逆転現象が起きているのだろう。そうに決まっている。

「でも叔父様、事故は誰の身にも起こり得ます」リカが叔父の背中に手を添えて、上半身を起こした。「かわいそうだけど、仕方ないですよね。そうでしょ?」

うム、と叔父が小さくうなずいた。

「リカのいうトオリだ。ヒトにはそれゾレテんめいガアる。オサないさンニトって、そレガうンメイだったノダろう」

「運命っていうより、天罰なんじゃないかな」

あの人、叔父様の悪口ばかり言ってたから、とリカが叔父の手を握った。

「だって、酷いことばっかり言うんだよ。信じられる? リカ、教えてあげたでしょ? 叔父様の前では絶対言わないけど、ここを出たらすぐ悪口が始まるの。あんなワガママな人はいないとか、嫌な年寄りだとか、死に損ないで、面倒をかけるだけだとか……この前なんか、早く死ねばいいのにって、そんなことも言ってた。だから、リカは天罰だと思う。叔父様のことを悪く言ってたから、罰が当たったんだよ」

何を言ってる、と私は思わずリカの肩を掴んだ。

「婦長がそんなことを言うはずないだろう」

あなたのことも言ってた、とリカが私の顔を見つめた。黒目が大きくなり、病室内に不快な異臭が漂い始めていた。

「知らないでしょ？　もちろん、婦長さんだって気づかれないようにしてた。だけど、ナースステーションや更衣室で何を言ってたか知ったら、昌史さんがどれだけ傷つくかわからない。あの人、お腹の中は真っ黒なんだよ」

リカのイうとオリダ、と叔父が言った。

「マエからわタシモソウおもっテイタ……アレハショウわるなおんナダ。このビョういンヲノットり、ジブんのもノニシようとシテいた……わかッテイタよ。オモえばハらのタツおんナダった」

何てことを、と私は歪んだ笑みを浮かべている叔父を見つめた。

「いったいどうしたんです？　そんなこと、あるはずないじゃないですか。小山内婦長がうちの病院のためにどれだけ尽くしてくれたか、わかっているはずです。どうしてそんな酷いことを言うんです？」

叔父が顔を背けた。あなたは何もわかっていないの、と背後でリカが囁く声がした。病室を濃い臭気が包んだ。

頭の奥で、虫が蠢いているような感覚があった。一匹二匹ではない。百匹、二百匹、もっとだ。

カブトムシの幼虫のような形をした虫が、私の脳内を這いずり回っていた。

「この病院のみんながあなたのことを嫌ってるの。味方はリカと叔父様だけ。わかるでしょう？　リカと叔父様だけなんだよ。でも、安心して。リカがあなたのことをずっとずっと守ってあげるから、嬉しい？　リカも嬉しい。ああ、話したいことがいっぱいある。ねえ、聞いて。リカはね、あなたと――」

叔父の腕を摑んで、強引に振り向かせた。虚ろな目がどこを見ているのか、私にはわからなかった。

いくラショウねがクサってイテモ、と叔父が口を動かした。

「アレはこのビョういんノフちょうダ。ナにモシナいというワケにはイカん。タのスタッフのシキにもかカワル。キチンとけあシナケればならンダろう。マサふみ、ワカるな」

　もちろんです、と私はうなずいた。

「個室を空けて完全看護態勢を取ります。仕事中の事故ですから、労災も下りますし、保険も掛けてあります。万全のケアをしますから、婦長を悪く言うのだけは止めてください。婦長は叔父さんを尊敬し、信頼していました。叔父さんだってわかってるはずです。この女に何を吹き込まれたか知りませんが、叔父さんは騙されているんです」

　バかガ、と叔父が怒鳴った。

「オマえこそナニをいってイル。リカがわたシヲダましてイル？　バカナことを……よくモソンナくだらんこトガイエるな。おまエハ……ホンとうニマサふみカ？　リカ、どこダ？　ますサフミをヨンでくレ。ハヤク、はやくよブンダ。シラないオトこがイルぞ」

　叔父の頭を両手で挟んだリカが、そのまま薄い胸に押し付けた。至福の笑みを浮かべた叔父の口から、大量の涎が溢れ出した。

「叔父様、心配しないで。リカはいつだってそばにいる。怖いことなんて何もない。大丈夫、すぐに昌史さんを呼んでくる。少しだけ待ってて。リカの言ってること、わかるでしょう？」

　ワカる、と叔父が子供のようにうなずいた。私は特別個室を飛び出し、叩きつけるようにドアを閉めた。

立ったまま、胃の中にあった物をすべて吐いた。黄色い胃液が床を汚していった。

3

翌朝、副院長室に原口と副婦長の藤鐘を呼び、叔父の看護について厳格なルールを定めるよう命じた。

三交代制を厳重に守り、担当の看護婦以外の入室を禁じ、食事も叔父と一緒に取ることを義務づけた。

わかりました、と原口がうなずいた。普段から青白い彼女の頬が、ほとんど色を失っていた。

「雨宮さんですよね」

藤鐘が渋面を作った。彼女は三十七歳で、消防士の夫と二人の子供の良き妻であり、良き母親だ。

世話好きで、患者への処置も早く、いつも笑顔だが、時には患者を叱ることもある。イエスとノーがはっきりした性格だった。

思ったことをすぐ口にするのは、もともとの気性なのか、それとも母親の強さということなのか、私にはわからない。ただ、彼女が雨宮リカに対して思うところがあるのは、その口ぶりからもはっきりしていた。

「言いたいわけじゃありませんけど、あの人はどうかしています。勤務時間以外はずっと院長先生の個室に籠もっているんですよ」

そうは言うけど、と原口が眉を顰めた。

「雨宮さんは仕事をさぼっているわけじゃないし、特別個室にいるのは彼女が休みの時間なんだから、構わないんじゃないかって……看護婦の中には、雨宮さんがいてくれて助かるって言ってる人がいるのは知ってるでしょ？　八時間の完全看護だと、トイレや食事もままならないし……」

そうじゃないのは婦長代理もわかっているはずです、と藤鐘が口元を曲げた。

「副院長も知っておいた方がいいと思いますけど、あの二人は単なる患者と看護婦の関係じゃありませんよ」

藤鐘さん、と原口がたしなめるように言った。この際ですからはっきり言いますよ、と藤鐘が私を見た。

「あの二人は不適切な関係にあります。間違いありません」

待ってくれ、と私は藤鐘の顔を覗き込んだ。原口はうつむいたまま、何も言わなかった。

「つまり、叔父と雨宮看護婦が男女の関係にあると？」

そうですよ、と藤鐘がうなずいた。あり得ない、と私は苦笑した。

「叔父は七十歳で、脳梗塞のため左半身不随だし、右半身にも麻痺が出始めている。雨宮看護婦がどうとかじゃなくて、機能的に無理だよ」

冗談めかして否定したが、不快そうに藤鐘が顔を背けた。わかっているはずです、と言いたいのだろう。

その通りだ。私にはわかっていた。性交渉こそないにしても、叔父はリカに恋愛感情を抱いている。

昨日、リカの胸に押し付けられていた叔父の顔には、明らかな性的興奮があった。皺と染みだらけの老人の顔に浮かんでいたのは、醜い愉悦の表情だった。そして、リカが下着をつけていないことに、私は気づいていた。

それでも否定したのは、叔父を守るためだった。高潔な人格者として、優秀な医師として、患者はもちろん花山病院の全スタッフから慕われ、信頼されていた叔父に、悪い評判を立てられたくないという思いがあった。

そのためにできることが、ひとつだけあった。頼みがある、と私は原口に視線を向けた。

「仮採用した三人の看護婦について、小山内婦長と相談したんだが、結論として二人を本採用し、雨宮看護婦には辞めてもらうことになった。彼女は花山病院に合わないというのが、ぼくと婦長の判断だ。これは決定事項と考えてもらって構わない。ただ、仮採用期間満了まで、あと半月ほどある。それでも、なるべく早く辞めてもらいたいと思っている。婦長代理の君から話してもらえないか？　その方が何かとスムーズだと……」

それはできません、と原口が一歩下がった。

「あと半月、仮採用期間が残っているんですよね？　三カ月の試用期間は契約で決まっていると聞いています。その前に辞めさせるというのは、ちょっと違うと思うのですが」

原口の目が左右に揺れていた。本音ではない。彼女は怯えている。リカを恐れている。

だから、自分の口から辞めてほしいと言うことができない。原口の全身が拒絶していた。

それなら、君から話してくれないかと顔を向けると、立場が違いますと藤鐘が言った。

「婦長代理がいるのに、副婦長から言う話じゃないでしょう。そんなことをしたら、看護婦の統率が取れなくなります」でも、彼女を辞めさせるのは正しい判断だと思います、と藤鐘が先を続けた。「はっきり言いますけど、花山病院の看護婦全員が、あの人と働きたくないと思っています。そうですよね、原口さん」

何と言えばいいのかわかりませんけど、変わった人だとは思います、と原口がうなずいた。

悪く言いたいわけじゃありませんよ、と藤鐘が言った。

「雨宮さんは八年の経験があるそうですけど、看護婦としては優秀です。体臭のことだって、体質や体調で多少臭いがきつくなる人はいますよ。あたしたちは看護婦ですから、そんなことはわかってます。気にならないと言えば嘘になりますけど、むしろ大変だろうなと気の毒に思うくらいです」

それならなぜ辞めさせた方がいいと言うんだと尋ねた私に、嘘をつくからです、と藤鐘が答えた。

「嘘？」

もう止めた方が、と原口が言ったが、ここまで話したんですから同じでしょうと藤鐘が口を開いた。

「意図的な嘘なら、まだいいんです。寝坊しただけなのに、電車が遅れて遅刻しましたとか、母親が倒れたので早退しますとか言って、男とデートしたりとか、そんなことなら注意したり叱ることもできますからね。でもあの人の嘘はそうじゃありません。無自覚な嘘だから、始末に困るんです」

「無自覚な嘘？」

あの人は普段あたしたちのことを無視してますけど、たまに話しかけてくることがあるんです、と藤鐘が言った。

「何日か前、あたしがカフェテリアで雑誌を読んでいたら、いきなり横からページを押さえて、このタレントは自分の姪だって言い出したんですよ」

「タレント？」

ブランドの服を着たタレントのファッションチェックをするページがあったんです、と藤鐘が説明した。

「そのタレントが自分の姪で、持っているバッグは自分がプレゼントしたのよ、と自慢げに言ってました。でもね、他の看護婦にも似たようなことを話しているんです。このモデルは高校の同級生、この女優は小学校の時の親友とか、そんなことです。でも、そんなわけないんですよ。姪ならともかく、あの人が話しているタレントとかモデルは、みんなもっと若いですから、同級生なんてあり得ません」

自覚のないままそんなことを言ってるのか、と私は首を傾げた。本当にあの人が二十八歳なのか、それも怪しいと思ってますと藤鐘が洟をすすった。

「女ですからね、肌の感じで大体の年齢はわかりますよ。どう見たって、あの人は三十を超えてます。もちろん、個人差はありますよ。だから、絶対とは言いませんけど、わかるものはわかるんです。男の人にはわからないかもしれませんけど」

そんなはずないでしょう、と原口がしかめ面で言った。

「小山内婦長とあたしたちで、履歴書を確認したでしょ？　生年月日や看護学校の卒業年次も見たし、二十八歳というのは、提出していた保険証のコピーにも書いてあったのを覚えてる。あれが嘘ってことはないと思うけど……」

慶葉病院の内田前理事長の推薦状もある、と私は言った。確かにそうかもしれません、と藤鐘が不満そうにうなずいた。

「年齢のことは、思い込みと言われたらそうなんでしょう。でもね、あの人があたしたちに話しかけてくる時は、必ず自慢話が入るんです。父親が医者だったとか、広尾の家が三百坪あったとか、男の子の人気が凄かったとか……全部が全部、嘘だとは言ってませんよ。本当のこともあるんでしょう。ただ、どこまでが現実で、どこからが嘘なのか、それは何とも言えませんけどね」

何か知ってるかと尋ねたが、原口は首を振るばかりだった。彼女はリカに係わりたくないのだろう。

その根底にあるのは怯えだ。触れてはいけない何かがあると、本能的に理解しているようだった。

最近、あの人が話すのは恋人のことです、と藤鐘がため息をついた。

「その時だけはいつもと違って、はにかんだり照れたりするんですよ。同じ職場で働いてますから、どんな人なのって聞かなきゃならないじゃないですか。女は大変ですよ……お医者さんだそうです」

「医者？」

まだ若いのに、病院の経営を任されていて、素敵な人だそうですよ、と藤鐘が皮肉な笑みを浮かべた。

「背格好から顔から、詳しく話してくれましたけど、要するに副院長のことなんです」

「彼女がそんなことを言ってるのは知っているが……」

ずいぶん深い交際だそうですね、と藤鐘が苦々しい表情になった。

「彼の方から申し込んできて、プレゼントやら何やら、凄かったって言ってましたよ。服もバッグも靴もアクセサリーも、全部彼から貰ったとか……あたしはこういう性格ですからね、どこまで続けるんだろうと思って、うなずいて話を合わせてやったんです。そうしたら調子に乗って、ぺらぺら喋りっ放し。プロポーズされたけど、まだ知り合って日が浅いから、どう返事していいのか迷ってるそうです」

聞いていてちょっと怖くなりました、と藤鐘が言った。

「あの人と副院長がお付き合いするはずないのは、よくわかってます。でもね、真実味のある話し方をするんですよ。嘘をついている人にはできないことです。あの人の中では、すべてが本当なんでしょう」

どうかしているんです、とだけ言って口を閉じた。さすがに言い過ぎたと思ったようだ。

馬鹿げてる、と私はつぶやいた。

「前に博子先生もそんな話をしていたけど、冗談だと思っていた」

あの人の言うことを信じてる看護婦もいるんですよ、と藤鐘が肩をすくめた。

「若かったり、うちでの歴が浅い人なんかは、特にそうです。リアリティっていうんですか？　細かいことまで詳しく話すから、そうなのかって思ってしまうのはわからなくもありません。それを直接あの人に言っても無駄ですけどね」

なぜそう思うと尋ねると、あの人は嘘だと思っていないからです、と藤鐘が答えた。

「あの人にとっては、自分の中にある現実が常に正しいんです。嘘をついている自覚がない人に、嘘は止めなさいと言っても意味はありません。あたしだって、雨宮さんが言ってることはおかしいとか、そんなこと言いませんよ。怒り出すか、泣き出すか、あたしのことを嘘つきだって言い張るだけでしょうからね。最初に言いましたけど、早く辞めさせた方がいいですよ。それを言えるのは副院長しかいません。面倒なことになるとは思いますけど、それ以上に厄介なことが起きる前に、辞めさせるべきだと思いますけどね」

ぼくの方から伝えようと言うと、二人が副院長室を出て行った。

リカと話さなければならないとわかっていたが、腰を上げることができなかった。頭の中で、虫が蠢く気配が始まっていた。

4

午前中の診療を終えて副院長室に戻ると、刈谷先生がソファに座っていた。どうしました、と声をかけたが返事はなかった。

この数日、どこか様子がおかしいと思っていた。何をしても心がここにない、そんな感じだ。

小山内婦長の事故があった時は医師らしく機敏に動いていたが、それ以外は何か別のことを考えているのか、常に上の空だった。

「ランチでも行きませんか。いろいろあって、疲れたでしょう。北牧屋（ほくぼくや）のステーキランチとか……」

「前借りをお願いできませんか」

唐突に刈谷先生が口を開いた。株ですかと尋ねると、そんなところですとうなずいて、そのまま顔を伏せた。

刈谷先生の勧めで株を始めたのは、半年ほど前のことだ。素人である私は最初こそおっかなびっくりで、及び腰のまま言われた通り株を買っていたが、簡単に儲けが出るとわかり、紹介されたミナト証券の野島課長のアドバイスに従って、その後も株の売買を続けていた。

順調だったが、先週、信じられないことが起きた。すべての株が暴落したのだ。

慌てて野島課長に電話を入れたが、席を外しておりますという答えが返ってくるだけだった。連絡が取れたのは二日後だ。

野島課長によれば、暴落は一時的な現象で、このまま下がり続けることはないという。私もそう思っていた。

日本の株価が上がり続けて、三、四年ほど経っている。突然の暴落などあり得ないし、このまま下がり続けることなど考えられない。

今できることは、持ち株を処分するか、持ち続けるか、下がっている株を買い足してリスクを減らすかのいずれかだというのが、野島課長の回答だった。

処分すれば今までの利益がなくなるほどの損が確定し、新たに株を買うためには資金が必要となる。現状維持以外、私としては対処の仕様がなかった。

刈谷先生が株を買い足したこと、いわゆるナンピン買いをしたのは、本人から聞いていた。現状では千円の株が五百円に下がっている。今までの持ち株に加え、値が下がった五百円の株を買えば、ひと株の平均が七百五十円になり、リスクが軽減されるというのがそのメカニズムだが、私の数倍の金を株につぎ込んでいた刈谷先生としては、ナンピン買いをするしかなかっただろう。

だが、予想に反し、株価は下がり続けていた。千円の株は五百円を簡単に割り、三百円ラインに近づいている。

そして、反騰の気配はなかった。信じられないほど急激に、株価は下落を続けていた。手持ちの資金が底をついた刈谷先生には、他に打つ手がない。給料の前借りをしてでも、更にナンピン買いを進めなければならない状況に陥っているようだった。

経理と相談しなければなりませんが、前借りはできると思います、と私はソファの反対側に座った。

「ただ……どれぐらい必要なんですか？」

「五百万……できれば一千万ほど……」

顔を上げた刈谷先生の目が真っ赤に充血していた。どうなのだろう、と私は額に指を押し当てた。

花山病院は刈谷先生に八十万円の月給を支払っている。普通の勤務医より二割ほど高いが、それは叔父の方針だった。

仮に四分の一、二十万円を返済に充てると、一年で二百四十万円になる。ボーナスを含めれば、三百万ほどだろうか。

難しいところだ、と私は首を捻った。一千万円を病院が刈谷先生に貸し、給料から天引きしても、返済に三年以上かかる。そして、一千万円で済むかどうかは、誰にもわからない。

「それが無理なら、個人的に金を貸してくれませんか？」

刈谷先生が濁った笑みを浮かべた。目が据（す）わっていた。

貸せる金があればいいんですが、と私はため息をついた。

「ぼくが持ってる株も、すべてマイナスです。とてもそんな余裕はありません」

それなら病院の金を少しの間だけ流用することはできませんか、と刈谷先生が声を低くした。

「美容整形外科病棟で使う医療機器のために、銀行から二千万借りてますよね？　ひと月でいいんです。株価が下がっているうちにナンピン買いしないと、意味はありません。野島課長も言ってましたが、ひと月で株価は戻るんです。そうしたら、全部返せるじゃないですか」

銀行が金を貸しているのは花山病院に対してです、と私は言った。

「医療機器の購入費ですよ。流用できるはずないじゃないですか」

助けてくださいよ、と刈谷先生が白衣のポケットから取り出した煙草に火をつけた。頬の辺りに荒(すさ)んだ笑みが浮かんでいた。

「いいじゃないですか、それぐらい。言いたくありませんが、ぼくはずっと副院長の味方をしてきたつもりです。柏手先生や古株の看護婦が、あなたの下で働きたくないと言っていたのは知ってますか？　説得したのはぼくなんですよ。個人病院に銀行が金を貸すのは、経営者に貸しているのと同じで、それをどう使っても勝手じゃないですか」

ぼくは花山病院の経営者じゃありません、と私は答えた。

「名目上だとしても、何にしても、経営者は叔父なんです。ぼくは単なる副院長に過ぎません。代理を任されているだけです。それに、経理の了解がなければ、いくら個人病院でも通る話も通りませんよ」

まともに口も利けない院長に何の権限があるんです、と刈谷先生が煙を吐いた。

「思っていたより、気が小さいんだな。こんなに頼んでるんじゃないか。金を貸してくれよ！」

経理と相談してみます、と私は立ち上がった。

「冷静になってください。焦る気持ちはわかります。ですが、無茶はできません。かえって先生の立場が悪くなるだけですよ」

煙草を指の間に挟んだまま、刈谷先生が髪の毛を掻き毟った。焦げ臭い嫌な臭いがした。

失礼しましたと呻くように言った刈谷先生が、副院長室から出て行った。ソファに落ちた灰をティッシュで拭い、私は両手で顔を覆った。

5

十分ほどそうしていただろうか。何よりショックだったのは、刈谷先生の放ったひと言だった。

「柏手先生や古株の看護婦が、あなたの下で働きたくないと言っていたのは知ってますか？」

直接聞いてはいなかったが、知ってはいた。そんなことは態度でわかる。

だが、働きたくないというより、抵抗があるぐらいの意味だったはずだ。私が彼らの立場でも、同じことを思っただろう。

だから、それは気にならなかった。私にとって重かったのは、刈谷先生の中にもそういう感情がある、という事実だった。

副院長として花山病院で働くようになってから、刈谷先生とはうまくやってきたつもりだ。彼の中に、いずれ院長になる私と親しくしておいた方が何かと得だという計算もあっただろうし、私の側にも彼を味方につけておきたいという考えがあった。

それも含め、親しくしていると信じていた。計算があるとしても、人間として馬が合う、そういう関係だと思っていた。

だが、それは私の甘さだった。刈谷先生にとって、私は利用価値のある男、それだけの存在に過ぎなかった。何もかもが嫌になるほどのショックだった。

辞めてしまおうか。そう思った時、受付の方から女性の叫び声が聞こえた。

「これは何なの？」

聞き覚えのある声だった。患者の近藤佳織だ。

副院長室を飛び出し、受付へ走っていくと、いつもとは違い、着古したトレーナーを着た佳織が金切り声を上げていた。受付の丘留陽子（おかどめようこ）がひたすら頭を下げている。

「さっさと柏手先生を呼んで！　何を考えているの？　こんな穢（けが）らわしい物を送り付けてくるなんて、どうかしてるんじゃない？」

午前中の診療時間が終わったばかりで、他に患者の姿はなかった。

「近藤さん？」

私の呼びかけに、佳織が素早く振り向いた。ノーメイク、髪の毛もぼさぼさだ。くたびれきった中年女がそこにいた。

「あんたも知ってたの？　それとも何も知らないと？　どっちにしたって、あんたがここの責任者なんだよね。訴えてやる！」

異常な興奮のためか、言葉遣いが乱暴になっていた。

何があったと丘留に囁くと、顔を背けたまま受付にあった小さな段ボール箱を指さした。表に宅配便の用紙が貼ってあり、差出人の欄に花山病院・柏手という角張った文字が記されていた。

甲高い声で叫びながら、佳織が受付の机を叩いている。通りかかった看護婦に彼女を任せ、箱の蓋を開いた。

入っていたのは三個のコンドームだった。その中に、白濁した液体が詰まっていた。

「どういうつもり？　馬鹿にしてんの？」

看護婦の腕を振り払った佳織が、私のワイシャツの襟を摑んだ。凄まじい力だった。

「こんな物を送り付けるなんて、どうかしてるわよ！　前からわかってた。あいつ、いやらしい目であたしのことじろじろ見て、変な笑い方して……何だっていうの、昔のことをほじくり返して、何が楽しいの？　昔とは違うんだ、あたしは結婚して、全部うまくいってたのに……畜生、どうしてくれんのよ、どうしろって言うんだよ！」

佳織の膝が崩れて、フロアに倒れ込んだ。手を貸してくれ、と私は騒ぎを聞いて駆けつけてきた数人の看護婦に声をかけた。

「貧血だろう。空いている個室に運ぶんだ。すぐに行く」

二人の看護婦が佳織に肩を貸し、エレベーターホールに向かった。いったい何があったと、私は丘留の肩を摑んだ。

よくわかりません、と怯えた表情で丘留が首を振った。

「ついさっき、近藤さんが入ってきたんです。午後の受付時間は一時半からですと言ったんですけど、柏手先生を呼べって、凄い剣幕で怒鳴って……怖かったです」

ハンカチを取り出した丘留が目の周りを拭った。マスカラが剝げて、涙が黒くなっていた。

「あの箱を突き付けられて、中を見てみろって……近藤さんの顔が怖くて、言われた通りにしたら、あんな物が……」

ハンカチで口を覆った。吐き気を堪えているのだろう。酷い悪戯だ、と私は背中をさすった。

「柏手先生があんなものを患者に送り付けるなんて、考えられない。伝票の文字も、定規を使って書いたんだろう。こんな角張った字を書く人間なんて、いるはずがない」

「じゃあ、誰かが柏手先生の名前を使って？」

間違いない、と私はうなずいた。宛先人なんですけど、と丘留が置かれたままになっている箱を指さした。

「近藤博文、佳織様って書いてありますけど、受け取ったのはご主人だったそうです。箱を開いたら、あれが入っていて……自分で言ってましたけど、近藤さんは昔スナックとか、そういうお店で働いていたそうです」

意外ではなかった。佳織には男慣れした色気があったし、それは素人には出せないものだった。

「ご主人が知っていたかどうか、それはわかりませんけど、殴られたと近藤さんは言っていました。浮気したのかと責められ、離婚すると言われたとも……」

丘留は短大を出たばかりの二十一歳の医療事務員だ。世間知らずとは言わないが、状況が理解できないのだろう。

私もすべてを飲み込めたわけではないが、想像はついた。近藤佳織は結婚する前、スナックや飲み屋ではなく、もっと違う性的なサービスをする店で働いていたのだろう。

佳織の夫と知り合ったのは別の場所だったのか、あるいは人に紹介されたのか。どちらにしても二人は結婚を決め、佳織は主婦になった。暗い過去はなかったことにしたのだろう。それが彼女の望みであり、その通りになった。

だが、私を食事に誘ったこともそうだが、結婚した後に浮気をしたことがあったのではないか。貞淑な妻を演じていても、隠せないものがある。

男に誘われたら、断われないタイプの女だ。昔の客と会っていたのかもしれない。

どちらであるにせよ、他の男と関係していることを夫は知った。二度と浮気は許さないと言っただろう。

だが、柏手先生の名前で送られてきた箱の中にあった物は、明らかな浮気の証拠だった。夫がそれを許せるはずもない。

佳織が失神するほど怒ったのは、夫に離婚すると言われたためだろう。過去を消し、ようやく主婦の座を摑んだ。

それなのに、すべてを失うことになった。ノーメイク、普段着のまま花山病院に駆け込んできたのはそのためだ。

柏手先生が近藤佳織、あるいはその夫に恨みを持つことは考えられないし、仮に何かがあったとしても、あんな卑劣な行為をする人ではない。

むしろ、柏手先生に敵意を持つ者がやったと考えた方が筋は通る。本当に佳織が警察に訴え出たとしても、柏手先生は潔白を主張するだろう。調べれば、すぐに疑いは晴れる。

だが、事実無根であっても、病院内に噂が流れるのは間違いない。柏手先生が佳織に対し、何らかの好意を持っていた可能性は誰にも否定できない。それは本人の心の問題だからだ。

病院は閉鎖的な組織で、守秘義務もあるため内部の人間関係は濃密になる。特に看護婦はそうだ。

彼女たちにとって、この件は格好の噂の種になるだろう。誰が見ても柏手先生は人格者で、医師としても優秀だが、〝そんな人に限って〟という枕詞さえつければ、何を言っても許される。

〝ああ見えて〟〝いい年をして〟何でもありだ。悪意の籠もった噂が飛び交うようになる。

柏手先生を呼ぶように、と丘留に命じた。念のため、確認だけはしなければならないが、それより重要なのは柏手先生を護ることだ。

たとえ私を嫌っているとしても、馬鹿げた噂や中傷のために、立場を悪くさせるわけにはいかない。

エレベーターホールに向かいながら、ため息をついた。人の口に戸は立てられないという。看護婦たちが憶測に満ちた噂話をするのを止めることはできない、とわかっていた。

いったい誰があんなことをしたのか。女性に精液の詰まったコンドームを送り付けるというのは、悪意以外の何物でもない。

だが、柏手先生のことを恨む者に心当たりはなかった。何が起きているのかわからないま、私はエレベーターに乗り込んだ。

6

数日が経った。

貧血を起こして倒れた佳織は、二時間ほど休んでから帰っていった。ある程度落ち着いていたし、柏手先生があの箱を送ることはあり得ないという私の説明にうなずいていたが、花山病院に来ることは二度とないだろう。

病院内は思っていたより静かだった。柏手先生についての中傷や悪口が、私の耳に入ってくることもなかった。

柏手先生と話をしたが、本人はすべてを否定していた。私もそれを信じたし、婦長代理の原口、副婦長の藤鐘にも、看護婦たちが余計なことを言わないように釘を刺しておいたからかもしれない。

ただ、その間もトラブルが続いていた。丘留が退職届を提出したのもそのひとつだ。

佳織の件がショックだったのは、考えるまでもなかった。まだ若く、真面目な子だ。あれだけヒステリックに罵る女の姿を見て、怯えたのは無理もない。

振り返った時の佳織の顔は、人間ではなかった。異形の者、ということになるのだろうか。彼女の中で何かが壊れ、毒や膿が顔の形になっていた。男の私でさえ正視できなかったぐらいだから、丘留には耐えられなかっただろう。

事情は理解できたが、いきなり辞められても困るのは確かだった。後任が見つかるまで働いてほしいと原口を通じて伝えようとしたが、電話にさえ出ないという。そこまで怯えることはないと思ったが、連絡が取れないのではどうにもならない。

やむを得ず、丘留と親しかった朽木（くちき）という看護婦にアパートまで行ってもらったが、戻ってきた彼女の話によると、朽木だと名乗っても丘留はチェーンを掛けたままドアを細く開くだけで、中に入れようとはしなかった。

落ち着きなく視線を泳がせている両眼は真っ赤に充血していて、眠っていないようだったという。

あんなことは二度と起きないから戻ってきなさいと言うと、あの件があったから辞めたのではない、と丘留がほとんど聞き取れない声で答えた。

誰かに声を聞かれるのを恐れているみたいでしたと朽木が言ったが、私には意味すらわからなかった。

それならなぜ辞めるのかと尋ねたが、何も答えず、無言でドアを閉め、その後は二度と返事をしなかったということだった。

数日の間に別人のように痩せ、目は落ち窪み、ろくに朽木の顔も見なかったというが、その理由はわからない。

もう一人、看護婦の森田が休職を申し入れてきた。彼女が住んでいるアパートが火事になり、仕事ができる状態ではないと本人から話があり、了承するしかなかった。

アパートの火事の件は新聞にも載っていたが、十人いた住人のうち、二人が焼死したという。

警察と消防が火災現場を調べたところ、単純な失火ではなく、ガソリンを撒かれていたことが判明していた。出来心や悪戯ではなく、アパートの住人に殺意を持った者による放火と考えられる、という警察関係者のコメントが記事の末尾にあった。

警察が捜査をしていたのは事実で、花山病院にも刑事が来た。警視庁捜査一課の菅原という三十代の刑事と、中野東署の熊谷という年配の刑事だった。

私と原口が会ったが、二人の刑事が質問したのは、森田に恨みを持つ者に心当たりはないか、ということだった。

森田に限ってそんなことは考えられない、と私たちは答えた。病院関係者、患者、その他私たちの知る限り、森田ほど評判のいい看護婦はいない。それは確かだった。

私たちの説明に、熊谷刑事がすぐうなずいたのは、中野区に住んでいる彼自身が花山病院についてよく知っていたからだが、菅原は警視庁の刑事のためか、何か思い当たることはないかとしつこく質問を繰り返した。

そう言われても、答えようがない。森田のプライベートまでは、私たちも把握していなかった。交際している男性がいるのは聞いていたから、それを話すぐらいしかできなかった。

二人の刑事は帰っていき、その後来ることはなかったが、心なしか、病院内に澱(よど)んだ空気が漂っているような気がした。

何、ということではない。言葉では説明できない。ただ、そう感じた。

気がつくと、医師も看護婦も、誰もが声を潜めて話すようになっていた。何かに見つかってしまうのではないかという怯えのためだ。だが、その正体は誰にもわかっていなかった。

近藤佳織の件、丘留の退職、森田の休職などが重なり、私の仕事は増える一方だった。

いや、そうではないのかもしれない。触れたくない件があったから、無意識のうちに仕事を抱え込むようにしていた。

だが、どこかで線を引かなければならないのはわかっていた。雨宮看護婦を呼ぶように、と原口に言ったのは九月の半ばだった。

まもなく試用期間が終わる。その前に契約解除を告げる必要があった。

午後一時、副院長室に彼女が行きますと連絡があったが、時間になってもリカは来なかった。どうなってると原口に確認したが、どこにいるのかわからないという。

三十分ほど不毛なやり取りを繰り返していると、突然デスクの内線電話が鳴った。

「リカだよ」

何をしている、と私は顔をしかめた。甘えたような声が不快だった。

「副院長室に来るように言っておいたはずだ。聞いているだろう。どうして来ないんだ」

マサふみ、という声がいきなり耳元でした。叔父だった。

「チョっとキテくれ。ハなシガある」

それだけ言って、電話が切れた。嫌な予感しかしなかったが、院長命令には従うしかない。

一本煙草を吸ってから、私は副院長室を出た。

7

特別個室のドアをノックすると、中からリカが顔を覗かせた。笑っている。どこか歪(いびつ)な笑みだった。

「どうしてここにいる？」

私の耳元で小さく笑ったリカが、大きくドアを開いた。電動車椅子に乗った叔父が近づいてきた。

「イロいろいソガシそうダな」スワれ、と叔父が置かれていた丸椅子に顎を向けた。「バかなカンじゃがサワイだときいタ。ホウっておけ。どうデモいいこトダ」

耳を疑うような言葉だった。花山病院では何よりも患者が優先される。それは叔父が決めた方針だ。

病気や怪我の治療は時間がかかるし、痛みや苦しみもある。その辛さは本人でなければわからない。

花山病院では、患者に寄り添い、その立場に立ってケアをする。何でも我儘を許すということではないが、患者の気持ちを思いやり、どんな時でも患者の痛みや苦しみを軽減させるために、最大限の努力をする。医師も看護婦も職員も、そのために働く。

近藤佳織の件は病院の問題ではない、という考え方もあるだろう。彼女のプライベートなトラブルの面倒まで見ることはできない、というのはその通りだ。

だが、彼女は花山病院の患者だ。そして、悪戯だとしても、花山病院の医師の名前が使われている。

放っておけ、というのは花山病院の理念に反していたし、叔父がそんなことを言うなど、信じられなかった。

「オマえはホウこくしテイナイが、ヤめたモノモいるそウダナ」

報告が遅れてすみません、と私は叔父を見つめた。

「医療事務員が一名退職しましたが、看護婦が辞めたわけではありません。森田看護婦は休職しているだけです。それも理由があってのことで——」

ソれだヨ、と叔父が唇を震わせた。

「ジムインのこうニンヲきめタソウだが、ワタしはきいテイない」

「急いで決めなければならなかったので……」

ジんじはわタシガキめる、と叔父が怒鳴った。

「カッテナことばカリシおって……いいカ、インちょうハワたしだ。オマえにマカせていルトコろもあルガ、スべてではナイ。ワカっているハズだ」

もちろんです、と私はうなずいた。体が不自由でも、院長は叔父であり、形だけでも叔父の了解を取るべきだった。

「オナじことヲなんドモイワせるナ。コンごキヲつけロ……オマえはまダケイけんがたりナイ。ビョういンデモットもだいジナノは、ヒトだ。ユウしゅうナモノガいれバ、それデスべてうまクいく。ハラぐちだガ、アノおんナニフチョうはつとマラん。スグにホかノモのニかえロ」

待ってください、と私は腰を浮かせた。

「原口は花山病院で二十年以上働いています。院内の看護婦の中で年齢は一番上ですし、小山内婦長の後任候補として彼女を副婦長に推したのは、院長ご自身のはずです。原口を外せば、藤鐘副婦長を婦長代理にするしかありませんが、原口の代わりというのはやりにくいでしょう」

なニモわかっテオラんな、と叔父が顔の右半分を歪めた。

「ハラぐちはクチヲひらけバフマんばかリデ、イシやドウりょうノワルぐちバカリダ。セイかくもクラいし、アレデはかンジャもふカいだろウ。イイたくハないガ、オマえのことモアノオんなはバかにしてイルンダぞ。しろウトドウぜんのイシャで、オイというダケでふくインチョうになッテイると……」

原口がそんなことを言うはずがない。どちらかといえば気が弱く、人の顔色を窺うような性格だ。積極的に不満や悪口を言うことなど、考えられなかった。

原口に婦長としての資質が欠けているのは、その通りかもしれない。二十人の看護婦をまとめ、職員にも気を配り、医師たちとの潤滑油的存在にならなければならない。それが婦長の役割だ。

統率力や決断力に欠ける原口では厳しいだろう、と私も思っていた。現場の看護婦としては優秀だが、管理するタイプではない。

本人も自分の性格をよく知っていた。婦長を任せたいと私が言った時も、固辞していたほどだ。

だが、年齢や経験ということもある。年功序列ではないが、原口以外の者を婦長にすれば、何かしらの不満が出るだろう。

能力だけで人事を決めるわけにはいかない。それは叔父の方がよくわかっているはずだ。

小山内婦長の事故が起きた時、後任として原口を婦長代理とし、その補佐として藤鐘を副婦長に据え置くという人事を私は叔父に報告し、了解を取っていた。なぜ、今になってこんなことを言い出すのか。

理由はわかっていた。誰かが原口について、婦長としてふさわしくないと叔父に吹き込んだのだ。

私はリカに目を向けた。隅にある椅子に腰掛け、顔を伏せている。

長い黒髪が顔の前に垂れているため、はっきり見えなかったが、笑っているのがわかった。

目に見えるようだった。リカは毎日叔父のもとを訪れ、原口について陰口を耳元で囁き続けたのだろう。

すごく嫌な人。叔父様と昌史さんのことを、いつも悪く言ってるの。患者さんにも冷たいし、いつも不機嫌で、すぐ仕事をさぼる。

リカ、あの人のこと嫌い。大嫌い。どうしてあんな人が婦長なの？

あるいは、こう言ったのかもしれない。昌史さんはいい人だから、あの女の腹黒さに気づいていないの。わかっていても、優しいから言えないのかも。

だから、叔父様から言ってあげて。お願い。

原口は副婦長として小山内婦長の補佐をしていたが、基本的には小児科担当だ。リカと原口の間に、接点はほとんどない。

そして、原口がリカのことを悪く言うはずもない。面倒な人間関係のトラブルを避けようとする性格のためで、誰に対してもそうだ。

それなのに、なぜリカは原口から婦長代理という立場を奪おうとするのか。

この三カ月弱のことが頭に浮かんだ。リカは他の看護婦を嫌っていた。いや、憎んでいたと言った方が正しいかもしれない。蔑んでいたのは確かだ。

彼女たちの輪の中に入ろうとせず、常に一人でいた。孤立していた。

看護婦たちの側も、リカを受け入れようとしなかった。嫌っている、というのではない。異質な何かを感じていたためだ。

最初からそうだった。その理由は、異物に対する拒否反応だ。

何があったわけでもない。にもかかわらず、最初から看護婦たちはリカを恐れていた。係わりたくない、と直感していた。

例えば虫であったり蛇であったり蜘蛛(くも)であったり、危害を加えられたわけでもないのに、触れることはもちろん、見ることさえできない者がいる。それは原初的な感覚だ。

単なる嫌悪感とは違う、異質なものへの恐怖。触れてはならない、と心の奥で警報が鳴り続けている。そういう異形の者。

誰よりも早くそれを察知していたのは、小山内婦長だった。

面接の際、私を含めた男性の医師は気づかなかったし、男性的な性格の博子先生も同じだったが、小山内婦長だけはリカの中にある得体の知れない異物を感じていた。そうでなければ、あそこまで強く採用に反対するはずがない。

押し切ったのは私だ。あの時、私には小山内婦長の見ていたものが見えなかった。女性でなければわからない何か、ということなのだろうか。

もしかしたら、と原口の顔を思い浮かべた。女性らしい、という言い方があるとすれば、原口ほど女性的な者はいないだろう。

口には出さなかったが、リカに対する怯えは誰よりも強かった。それどころか、無意識のうちに心の底からリカを恐れ、嫌っていた。

リカはそれを感じ取ったのではないか。だから、原口を憎悪し、排除しようと考えた。あらゆる嘘を叔父に吹き込み、口にするのも悍ましい行為までして、その企みを現実のものにした。

先生、とリカが顔を上げた。ただそれだけのことで、饐えたような臭いが濃くなった。

「どうしてリカを呼んだの？　話がしたかったから？」

叔父が南国の鳥のようなけたたましい笑い声を上げ、としヨリはおジャまなヨウだ、と言った。ううん、とリカが首を振った。

「そんなことない。だって、昌史さんの叔父様だもの。リカにとってはパパと同じ。照れ臭いけど、リカは隠し事なんかしない。ねえ、昌史さん、話って何？　もしかして、デートの誘い？　ああ、やっぱり恥ずかしい。二人だけの方がいいかも」

私はリカと叔父から顔を背けた。契約を解除すると伝えても無駄だ。叔父がどれだけ怒り、反対するか、目に見えるようだった。

叔父はリカの言いなりになっている。私がどれだけ言葉を尽くしても、怒鳴りつけるだけだろう。

私の声は叔父の耳に届かない。いや、叔父に聞こえるのはリカの声だけなのだ。

仕事に戻ります、と私はドアを開けた。また叔父が甲高い声で笑い出していた。

8

そのまま、並びにある個室に入った。ベッドに小山内婦長が横たわっていた。

喉を切開し、人工呼吸器が装着されている。それ以外にも全身に細いチューブが何本も繋がっていた。

私たちはスパゲッティと呼んでいるが、点滴、水分補給、排泄、何もかもがチューブを通じて行なわれている。婦長は人間の形をした管（くだ）だった。

看護婦がいないのは、その必要がないからだ。人工呼吸器で酸素を肺に送り込み、薬やブドウ糖、抗生物質なども点滴によって投与されている。血圧や体温、心電図も自動で測定されるから、異常があればすぐわかった。

機械をチェックしたが、数値は安定していた。眠っているようだ。

点滴交換の際、目を開けることがあると聞いていたから、完全に意識を失っているわけではないようだが、手足を含め全身の感覚がなくなっていることは確かだった。

婦長さえいてくれたら、と私はパイプ椅子に腰を下ろした。

私と婦長の二人で叔父を説得すれば、リカを辞めさせることに同意したかもしれない。叔父と婦長には、それだけの信頼関係があった。

だが、現実には無理だ。婦長は言葉を発することさえできない。

原口にしても、藤鐘にしても、叔父を説得する力はない。それは柏手先生や刈谷先生も同じだ。

白衣のポケットの中で、バイブレーターが震え出した。マナーモードにしている携帯電話だ。病室での使用は禁じていたが、この部屋に限っては問題ないだろう。

携帯電話を取り出すと、真由美という表示があった。通話ボタンを押すと、調子はどう、という声が聞こえた。

忙しい、と私は答えた。自分の声が虚ろに響いた。

「婦長のこともそうだけど、いろいろトラブルが重なってね」

容体はどうなの、と心配そうに真由美が言った。転落事故の件は前に電話で伝えていた。

目の前にいる、と私はうなずいた。

「人事不省、意識不明、そんなところだ。ずっと眠っている。何と言ったらいいのか……」

真由美が黙った。彼女は私と婦長の関係をよく知っていた。

実の叔母と甥のように親しかったし、どれだけ世話になったかわからない。ただ生かされているだけの婦長を見ていることしかできない自分が歯痒かったし、辛かった。

「ゴメンね、力になれなくて……電話したのは、ちょっと気になることがあって」青美看護学校のこと、と真由美が話を続けた。「今、あたしがいる病院に、設楽さんっていう看護婦が勤めてるのね。四十歳なんだけど、彼女が青美の卒業生なの」

珍しくないだろう、と私は言った。それなりに古い看護学校だ。今、花山病院にはいないが、卒業して看護婦になった者は数千人以上いるはずだった。

「前に言ってたでしょ？　花山病院が新しい看護婦を採用したって。その中に、背が高くてちょっと体臭がきつい人がいる……そうだったよね？」

「君も言ってたじゃないか。その看護婦が勤める病院で人が死んだとか、そんなことがあったって。でも、それは一種の都市伝説で、新人研修医を脅かすための怪談みたいなものだと――」

「その人、リカって名前じゃない？」

私は立ち上がっていた。真由美にはリカの名前を言っていない。どうして知っているのか。

設楽さんから聞いたの、と真由美が声を潜めた。

「青美は二年制の専門学校だから、上級生、同級生、下級生ぐらいしか詳しく知らないけど、升本（ますもと）リカという看護婦の話を何度か聞いたことがあるって。上級生から升本リカの話を聞いたことはないそうだから、設楽さんと同じか、それより下なのは間違いない。設楽さん本人は直接知らないし、顔も見たことがないの。でも、親しくしている同窓生とか、前に働いていた病院の看護婦から、噂を聞いたことがあるって……」

「じゃあ、都市伝説とか、怪談とか、そういう類じゃないと？　本当にいる看護婦の話なのか？」

　それがよくわからなくて、と真由美が言った。

「誰も升本リカと会っていない。ただ、噂を聞いたっていうだけ。その意味では、都市伝説なのかもしれない。リカという女が勤めた病院で、必ず奇妙な出来事があるそうよ。入院患者が何人も続けて死んだり、盗難事件が起きたり、事故があったり……」

「事故って？」

　あたしが聞いたのはエレベーターの誤作動で、看護婦の体が真っ二つに切断されたって話、と真由美が口ごもりながら言った。

「事件じゃなくて、事故として処理されている。死んだ看護婦は不運だった、そんなふうに言われるだけ。違う話もあるの。リカがいる病院の医師や看護婦が交通事故にあったり、駅のホームから転落して、電車に轢かれてバラバラになったとか……」

ちょっとだけ真由美が笑った。その意味が私にはよくわかった。

本当の恐怖を感じた時、人間は笑ってしまう。ある種の自己防衛本能の働きによるものだ。

「医療事故は？」

それは聞いていない、と真由美が言った。

「設楽さんも、そこまで詳しいわけじゃないの。ただ、そんな看護婦がいたって噂を聞いたことがある、それだけ」

「君の方から聞いたのか？」

聞いたわけじゃない、と真由美が答えた。

「設楽さんが青美出身って言うから、婚約者の病院に青美の卒業生が勤めてるって話したの。背が高くて体臭がきつい看護婦って言ったら、彼女の顔色が変わって……何か知ってるんですかって聞いたけど、なかなか教えてくれなかった。ここまで聞き出すだけでも、時間がかかったのよ」

「他には？」

「さっきも言ったけど、看護婦同士で集まった時、升本リカの話が出ることがあるそうなの。

知らない人は、どんな女なのかって聞くでしょ？　でも、言い出した人も、リカを知っている人も、みんな黙ってしまう。口をつぐんでしまう。話さなければよかった、そんな顔になるって……口にしてはいけないっていう暗黙の了解があるみたいだって、設楽さんは言ってた」

「誰か詳しいことを知っている人はいないのか？　事情を聞きたい」携帯を耳に押し当てたまま、私は窓際に近寄った。「履歴書に青美の卒業年度があるはずだ。同級生に聞けば、何かわかるかもしれない」

青美の卒業生なのか、それもはっきりしないの、と真由美が言った。

「本人は青美を出たと言ってるそうよ。でも、青美の卒業生で升本リカを直接知っている人に会ったことはない、と設楽さんが話していた。彼女は四十歳だし、誰でも彼でも知ってるってわけじゃない。彼女の方から積極的に升本リカという看護婦を知ってるかとか、そんなことを聞くわけでもなかったから、当たり前なのかもしれないけど……」

もうひとつ、と真由美が小さく息をついた。

「升本リカの噂を、設楽さんは断片的にしか聞いたことがない。話してくれたのは彼女の同級生だったり、十歳以上年下の看護婦もいる。背が高くて、体臭がきつい、それは皆同じ。だけど、もうひとつ同じことがあるの」

「何だ？」

　年齢、と真由美が答えた。

「四十歳の人も、二十五歳の看護婦も、升本リカは二十八歳だと言っている。本人がそう話していたと……直接聞いたわけじゃないのよ。伝言ゲームみたいに、聞いた話を繰り返しているだけだから、いつの時点でリカが二十八歳と言っていたのか、それはわからない。何人かの看護婦が聞いた話が混ざって、そういうことになったのかもしれない。でも、あなたも二十八歳の看護婦って言ってたでしょ？」

　そうだ、と私はうなずいた。声が遠くから聞こえてくるような感覚があった。

「何年も前に自称二十八歳だった人が、今も二十八歳っておかしいと思わない？　青美を卒業しているのか、経歴そのものも怪しい。でも、調べようにも青美は火事にあって、校舎さえ残っていない。何ていうか、すごく嫌な感じがする。悪い予感っていうか……」

「辞めさせようと思ってる。でも、叔父がリカの言いなりで、何を言っても聞いてくれないんだ」

　あたしが調べてみる、と真由美が言った。

「女のあたしの方が、看護婦とかには聞きやすいし、海林大附属病院には青美出の看護婦が多いの。女の勘だって笑うかもしれないけど、リカが花山病院に勤めていると、良くないことが起きそうな気がする。ううん、もう起こっているのかもしれない。小山内婦長のこともそうだし……」

係わらない方がいいと言ったが、調べてみるだけだからと言って、真由美が電話を切った。

携帯を握ったまま、リカ、と私はつぶやいた。その時、かすかな音がした。

振り向くと、小山内婦長がまばたきを繰り返していた。痙攣(けいれん)のような動きだが、そうではなかった。

婦長は自分の意志で瞼を動かしている。聞こえるはずのないまばたきの音が、なぜかその時は聞こえた。

ベッドに近寄った。手も足も、指一本動かせない婦長の喉が鳴っている。唾を飲み込んでいるようだ。

婦長の目がこれ以上ないほど大きく見開かれていた。私の顔を見つめている。

何かを伝えようとしているのがわかった。だが、声は出ない。ただ見つめているだけだ。

「……リカのことですか？」

婦長がまばたきした。もしかしたら、と私は顔を近づけた。

「ぼくの言っていることがわかりますか？　わかるなら、二度まばたきをしてください」

すぐに婦長がまばたきを二度した。頸髄損傷患者の多くは運動機能を失うが、脳は無事で、思考力もある。小山内婦長は何を言いたいのか。

「ぼくに話したいことがあるんですね？」

まばたき、二回。何をですと言いかけて、その質問には答えられないとわかった。

彼女にできる意思表示はイエスとノー、その二つしかない。

「リカのことで、何か話したいことがあるんですね？　彼女が辞めたのか、それを聞きたい？」

婦長が目を閉じた。違う。彼女が伝えたいのは別のことだ。

「リカが危険な存在だと思ってるんですか？」

凄まじい勢いでまばたきが続いた。イエスという意味であり、それ以上に伝わってきたのは純粋な恐怖だった。

小山内婦長は怯えている。今の婦長はただ生かされているだけで、命を失う以外、怖いものなどないはずだ。

だが、彼女の中にある恐怖の感情が異常なまでに膨れ上がっているのが、はっきりと私にも伝わってきた。

何を恐れているのか確かめようとした時、突然婦長の瞼が閉じ、それきり動かなくなった。

心電図の数値が大きく乱れていた。私はナースコールのボタンを押し、誰か来てくれと大声で叫んだ。

9

翌日、私は原口と藤鐘を呼び、婦長の容体について説明した。

昨日、婦長は心肺停止状態に陥ったが、AEDや心臓マッサージなど、手を尽くして蘇生にあたった結果、一命を取り留めていた。だが、その後目を開くことはなかった。

それまでは意識もあったが、今はただ眠り続けているだけだ。私には目を覚ますことを拒否しているように思えてならなかった。

二人を呼んだのは、原口に専任で婦長の看護を頼むためだった。それに伴い、藤鐘を婦長代理にすると伝えた。

叔父の命令を正当化するための言い訳に過ぎなかったが、まず原口がうなずき、そういうことなら、と藤鐘も了承した。

肩の荷が下りたように、かすかな笑みを浮かべた原口が出て行った。今後のことを相談したいと言おうとしたが、藤鐘の方が早かった。

「雨宮さんのことですが、いつ辞めさせるんです？」

答えられないとだけ言った私に、院長先生ですね、と藤鐘がため息をついた。

「あの女は院長先生に何をしたんでしょうね。副院長の立場はわかっているつもりです。あたしの方から辞めるように伝えましょう。あなたはうちの病院に合わないとはっきり言うだけですからね。今まではでしゃばるのもどうかと思って黙ってましたけど、あたしが言うしかないんでしょう」

助かるよ、と思わず本音が口をついた。しっかりしてくださいよ、と藤鐘が私の背中を強く叩いた。

「副院長も副院長です。もっと病院の責任者としての自覚を持っていただかないと、みんなが困るんですからね」

母親のような話し方には、信じられるものがあった。少し迷ったが、仲代の手術に関する医療ミスについて、藤鐘に話すことにした。

彼女に対する信頼感もあったが、私の中で罪の意識が限界を超えていたためでもあった。真実を隠し続けることがどれだけ苦しいか、同じ立場に立たなければ、誰にもわからないだろう。

私の告白に耳を傾けていた藤鐘が、何かあったんだろうとは思っていました、と大きく息を吐いた。

「何が問題かって、患者の体内にペアン鉗子を残していたことを隠そうとしたのが間違っています。患者さんの命に係わることですよ？　あたしが副院長なら、とっくに医者を辞めてますね」

ずけずけした物言いだったが、不思議と嫌な感じはしなかった。辞めるつもりだったんだ、と私は言った。

「だけど、この病院のことを考えると、そうもいかなくて……」

言い訳は結構です、と藤鐘が少したるんだ首を振った。

「あたしもあの女の件が片づいたら、この病院を辞めますよ。信頼できない医師の下で働くわけにはいきませんからね。ただ……妙だなとは思いますけど」

何のことだと尋ねた私に、ペアン鉗子は約十四センチです、と藤鐘が右手を開いた。

「手術の際、腹腔内に何かを残したまま縫合してしまう医療ミスは、たまに起きます。ガーゼやチューブ、メスを入れたまま腹部を縫って、後で大変なことになったという話を聞いたこともあります。でも、ペアン鉗子ですよ？　副院長も二人の看護婦も気づかなかったというのは、ちょっと考えられませんね」

「だけど、確かに仲代さんの腹腔内にペアン鉗子はあったんだ。ぼくはそれを取り出し――」

あの女が入れたんです、と藤鐘が静かな声で言った。

「手術を終えて、副院長ともう一人の看護婦が手術室を出た後、縫合糸を切って、ペアン鉗子を切開創から押し込み、その後自分で縫ったんでしょう。看護婦にそんなことはできない、とお考えですか？　だとしたら、それは認識不足です。手術そのものはともかく、麻酔がかかって意識がない患者の腹部を縫い合わせるぐらい、看護婦なら誰だってできます」

だが危険だ、と私は首を振った。

「ペアン鉗子を押し込んだというが、そんなことをして血管や内臓に傷がついたらどうなる？　本当に患者の命に係わることになるぞ」

あの女には関係ありませんよ、と藤鐘が頭を掻いた。

「仲代さんが死のうと生きようと、あの女は困りません。もし仲代さんが腹腔内のペアン鉗子のために亡くなられたとしても、責任は執刀医である副院長にあります。頭のいい嘘つきは本当に困りますよ。副院長も縫合跡を確認していないでしょう？　それどころではなかったはずですからね」

確かにそうだ、と私はうなずいた。だからといって、隠蔽しようとしたのは最悪ですけどね、と藤鐘が鼻を鳴らした。

「要するに騙されたんですよ。それで言いなりになって、辞めさせることもできなかったわけですか」

何も言えずにいた私に、前にも言いましたがあの女は異常です、と藤鐘が首元に溜まっていた汗を拭った。

「例えば患者さんの扱いもそうです。医師や立場が上の看護婦がいる時はしませんけどね」

「患者の扱い？」

女性の患者さんに対しては酷いもんです、と藤鐘が言った。

「上から切り口上で命令するだけで、質問にも答えません。子供やお年寄りにもそうです。夜勤の時、あの人が子供を叩いたり、お年寄りに暴言を吐くのを、何度か見てます。注意しましたよ。だけど、言うことを聞かないからだって言うんです。確かに、身勝手な患者さんはいますよ。でも、そこは堪えるのが看護婦の仕事でしょう」

「……他には？」

「言っていいのかわかりませんけど、あの人は男性の入院患者の下着を持ち出しています。それを持って更衣室に籠もったり、トイレから出てこなかったり……何をしてるのか、そんなこと知りたくもありませんけどね」

「それは……つまり……」

欲求不満なんでしょう、と藤鐘が苦々しい表情を浮かべた。そんな馬鹿なと言った私に、女だって性欲はありますよ、と藤鐘がうなずいた。

「それは自然の摂理で、多かれ少なかれみんな同じです。もちろん、患者の下着を盗むのは犯罪ですよ。でも、あの女は平気です。自分の欲求を満たすためなら、何でもするんでしょう」

あの女が口にするのは自慢話と他人の悪口だけです、と藤鐘が話を続けた。

「でも、全部が全部嘘ってわけでもないんですよ。頭の悪い女のつく嘘とは違います。どこかにほんの少しだけ、本当のことが混じっているんです。だから、対処が難しいんですけどね」

他にもあります、と藤鐘がずれていたナースキャップを直した。

「そもそも、大久保に住んでるというのが嘘です。北口のアプリコットっていう喫茶店の近くだとか、そんなことを何かの拍子にぽろっと言ったことがあったんですけど、主人の実家が大久保なんで、あたしもあの店のことは知ってます。アプリコットは十年以上前に潰れて、今はコンビニになってますよ」

「じゃあ、大久保に住んでいないのか？」

いいいいいいいいい、大久保に住んでいたのは本当なんでしょう、と藤鐘が言った。

「それこそお店とか、道なんかも詳しいですからね。でも、全部十年以上前の話なんです。

区画整理があって、新しい道路ができたり、新しい店だって増えてますけど、それは知りません。あの人が知ってるのは十五年、もしかしたら二十年ぐらい昔の大久保ですよ。主人は生まれも育ちも大久保ですからね。大体のことはわかります」

藤鐘の夫は消防士だと聞いていた。大久保の消防署に勤めているというから、街のことはよく知っているだろう。

「彼女の保証人は祖母になっていたはずだ」履歴書はどこにある、と私は尋ねた。「確認してみよう。経歴詐称なら、辞めさせる理由にもなる」

小山内婦長がファイルに保管していたはずです、と藤鐘が言った。

「捜しておきます。とにかく、気をつけた方がいいですよ。あの女が狙っているのは、副院長なんですから」

どういう意味だ、と私は立ち上がった。

「この病院を乗っ取ろうとしているとでも？　そんなこと、できるはずないだろう」

何もわかってないと首を振った藤鐘が副院長室のドアを開くと、そこに青い顔をした刈谷先生が立っていた。

藤鐘を押しのけるようにして中に入り、無言でデスクに封筒を置いた。退職届、と表書きがあった。

どうしたんです、と私は刈谷先生の腕を摑んだ。肩をすくめた藤鐘がその場から立ち去っていくのを確かめてから、株の件ですよねと囁いた。

「経理と相談したんです。退職金の前借りという形を取ってはどうかと……他にも方法があるかもしれないと言っています。とにかく座ってください。今、辞められると、みんなが困ります。先生がいなくなったら、内科部はどうなるんです？　患者さんへの責任もあるでしょう」

何も言わず、刈谷先生が頭を深く垂れた。全身を震わせながら泣いている。私は腕を放した。

「受理してください……もう、遅いんです。ご迷惑をおかけしますが、許してください」

落ち着いてください、と私はソファを指した。

「とにかく話し合いましょう。無理に引き留めるようなことはしませんが、今日退職届を出して明日辞めるというわけにいかないのは、わかっているはずです。手続きだってあるし、引き継ぎもそうです。それは社会人としての義務で――」

大きく口を開いた刈谷先生が、人間とは思えないような声で叫んだ。まるで獣の咆哮のようだ。私を凝視している目も、獣そのものだった。

立ち尽くしている私を突き飛ばすようにして、副院長室を出て行った。刈谷先生の姿を見たのは、それが最後だった。

10

〈スタッフ急病のため、しばらくの間内科診察はお休みします〉病院の正面玄関と受付に貼り紙をした。それを見て帰っていく患者もいたし、薬だけでも処方してもらえないか、と頼んでくる患者もいた。

町医者の内科に通う患者の九割は、風邪や胃痛レベルだから、私や柏手先生、博子先生でも対応できた。症状が重い患者には他の病院を紹介した。

患者に関してはそれで済んだが、刈谷先生に何があったのか、突然退職届を提出した理由はわからなかった。何度も本人の携帯、そして自宅に電話を入れたが、応答は一切なかった。

翌日の早朝、花山病院を訪れた三人の男が私に面会を申し込んだ。三人ともスーツ姿だったが、まともな社会人とは思えないような雰囲気をまとっていた。
刈谷先生に金を貸している、とリーダー格の三十代後半の男が簡単に説明した。渡された書類には丸角金融と社名があり、闇金業者だとわかった。

刈谷先生が丸角金融から五百万円の金を借りた日付は三週間前、そして返済額は元利合わせて一千五百万円になっていた。三週間で元金の三倍になっているのは、法外な金利のためだ。

そして、保証人の欄には私のサインと印が押してあった。私の字であり、私の印鑑だった。書いた覚えはないと突っぱねたが、大体の事情はわかった。副院長として、私は毎日数多くの書類に確認のサインをするが、形式的なものがほとんどで、内容も見ずにサインするのはよくあることだった。

刈谷先生は私が多忙な時間を狙って書類を渡し、ルーティンワークとしてサインをさせた。その一枚が、目の前にある借用書なのだろう。

印鑑についても、実印ではなく三文判だったから、特に厳重に管理していたわけではなかった。勝手に押印したに違いない。単純に言えば、嵌められたのだ。

だが、男たちに何を言っても通じなかった。刈谷先生が姿を消し、保証人のサインと印鑑が押された借用書がある。保証人には返済義務がある、と繰り返すだけだった。

弁護士に相談してから対応を決めると言ったが、待てないと三人が同時に首を振った。法定金利の上限を遥かに超えているから警察に訴えると言うと、構いませんとうなずいた。最初からの計画だとわかった。

警察に訴え出れば、一時的に男たちは引っ込むだろう。弁護士を通じて話し合っても、それは同じだ。

だが、それですべてが終わるはずもない。地上げ屋のように、トラックで病院の玄関に突っ込んでくるかもしれない。病院に通っている患者たちに、嫌がらせを仕掛けるかもしれなかった。

病院の壁一面に、金を返せというビラが貼られるかもしれない。受付や各部の外線電話が鳴り続け、白紙のファクスが延々と送り付けられてくるのかもしれない。そんな嫌がらせの手口は、いくらでも新聞に載っていた。

花山病院は病院として機能しなくなり、患者も来なくなるだろう。一度信用を失えば、病院はそれで終わりだ。

一時間ほど押し問答が続き、一日だけ待ってほしい、と最後に私は言った。意外なほどあっさり、男たちが帰っていった。私が逃げ出せる立場にないことを、よくわかっているのだろう。

一日で刈谷先生を捜し出すことなどできないし、見つけたとしても一千五百万円の金を持っているはずがない。

私自身に多少の蓄えはあったが、株が暴落したため、残高は五百万円ほどだ。それを渡しても焼け石に水でしかない。

他にどうしようもなく、経理担当者に電話を入れ、至急一千五百万円の現金を用意するように命じた。

新設する美容整形外科病棟に設置するレーザー手術器一式の購入費だと伝えると、納品時に請求書が来てから支払うことになっていますという返事があったが、それは想定済みだった。

私が業者と直接交渉して、現金で支払えば予算の二千万円から二十五パーセント値引きされることになったと説明すると、午後になって銀行から現金が運ばれてきた。

確認していた経理の担当者が、病院の金庫に保管しておきますと言ったが、特に何かを聞かれることはなかった。一時的に借用するだけだ、と自分自身に言い聞かせた。

明日、この一千五百万円を闇金業者に渡す。レーザー手術器業者には、私の銀行口座から五百万円をその場で支払い、残金は月賦に切り替えるというつもりだった。

次の支払いは一カ月後になるが、その間に刈谷先生を捜し出し、返済を要求する。本人が無理でも、両親や親戚がいる。彼らに借金を支払わせればいい。

これは緊急避難だ、と何度も胸の内で繰り返した。時間さえあれば、刈谷先生を見つけ、話し合うこともできたが、与えられた時間は一日しかなかった。

弁護士や警察に相談するべきだという考えも、一瞬頭を過ったが、そんなことをすれば必ず報復される。病院を守るためには、こうするしかない。

翌日、三人の男たちが同じ時間に病院へやってきた。用意していた一千五百万円の現金を渡すと、彼らは目の前で借用書を破り捨て、帰っていった。

急場を凌いだことで、私は安堵していたが、それですべてが終わるはずがないのもわかっていた。

11

業者からレーザー手術器が届いたのは、十月最初の月曜の午後だった。

それまでに担当者と話し、内金として五百万円を支払い、残金の一千五百万円については月賦で支払うことで話をつけていたが、綱渡り以外の何物でもない。不安で胸が締め付けられるようだった。

もし刈谷先生を見つけだすことができなければ、彼の両親や親戚に事情を説明しても、支払いに同意するかどうかわからない。

刈谷先生が私の名前を勝手に使って、闇金業者から金を借りたと証明できなければ、一千五百万円を返せと言っても話し合いにすらならないだろう。

数日の間、刈谷先生本人、家族、友人、わかっている限りの連絡先を当たったが、情報は何ひとつなかった。子供の学校には休学届が提出されていた。刈谷先生は計画的に私を騙すと決めていたようだ。

やむを得ず、銀行に機材のリース料として追加の融資を頼んだが、今までとは打って変わって、担当者の態度は冷淡だった。どういう形でも構いませんから借りてください、とあれほど頭を下げていたのが嘘のようだ。

不良債権の回収という言葉を何度も使っていたが、金を貸すつもりがないことがはっきりしただけだった。

その一時間後、経理の担当者から連絡があった。何のために銀行に融資の追加を申し込んだのか、という問い合わせだ。私の様子に不審な何かを感じた銀行から、確認の電話が入ったという。

これ以上言い逃れはできないとわかり、刈谷先生の借金と闇金業者について事情を説明したが、返事はなかった。

どうかしてます、と最後に担当者が言って電話が切れたが、確かに私はどうかしていたのかもしれない。

あまりにも多くのことが立て続けに起きたため、小さな嘘をいくつも重ねざるを得なかった。結果として、それは大きな嘘になった。

最初からわかっていたことだが、病院の金は私の金ではない。個人病院とはいえ、病院の金は公金で、私的流用などあってはならなかった。

ただ、今回は非常事態だった。三人の闇金業者と対峙（たいじ）した私でなければ、あの恐怖はわからない。

返済しなければどうなるか、彼らは言わなかった。だから、余計に怖かった。何をされるかわからないのが一番恐ろしいのは、誰でも同じだろう。

不運の連鎖が私を追い詰めていた。株の暴落さえなければ、刈谷先生が多額の損金を出すことはなかった。姿を消す必要もなく、闇金業者に借金することもなかった。

ついひと月前まで世の中にだぶついていた金を回収するため、誰もが顔色を変えていた。タイミングが少しでもずれていれば、こんなことにはならなかったのだ。

三十分後、呼び出しを受けて四階の特別個室に行くと、叔父はすべてを知っていた。経理部から連絡が入ったという。

二十年以上花山病院で働いているスタッフで、叔父の信頼も篤い。形だけの責任者である私より、叔父に忠実な男で、報告義務があると考えたのだろう。

看護婦に席を外させ、二人きりになった病室で叔父がどれだけ私を面罵したか、覚えているのは最初の数分間だけだ。

その後は、何を言われたかさえ記憶にない。ひたすら頭を下げ続け、最後には土下座して詫びたが、叔父の怒りは収まらなかった。

裏切られた、見損なった、信じられん、愚鈍、回らない舌で悪口雑言を私にぶつけ、唾を吐きかけてきた。

ある瞬間から、私の耳は聴こえなくなっていたが、ストレスで突発性難聴を起こしたというより、私の脳が、体が、叔父の吐くすべての言葉を拒絶していた。それほど聞くに耐えない言葉で私を罵り続けていたのだ。

「オマエハクビダ」

憤怒の形相になった叔父が最後に言ったのは、そのひと言だった。正確には、その後も呪詛に似た言葉が叔父の口から溢れていたが、何を言っているのか理解不能だった。

叔父も自分で何を言っているのか、わかっていなかったのではないか。それほど叔父の怒りは凄まじかった。

反論したかった。脳梗塞で倒れた叔父を助けるため、私は留学を切り上げて帰国し、花山病院の副院長になった。

望んでいたわけではない。他に適任者がいないという理由で押し付けられた、という感覚すらあったほどだ。

それでも、今まで受けた恩を返すために、私がその任に就くしかないと思い、自分には無理だとわかっていたにもかかわらず、関係者全員の結論に従った。すべては叔父のためだったのだ。

病院の金を流用したのも、私の責任ではない。私も刈谷先生に騙された被害者だった。自分のために病院の金を使ったわけではない。それどころか、自分の預金をすべて吐き出している。すべては病院の名誉や評判を守るためにしたことだ。

法律的に言えば、横領ということになるのだろうが、開き直った言い方をすれば、花山病院の金をどう使うかは実質的な責任者である私の裁量に委ねられている。不正行為と言われても、私の中にその意識はない。

だが、そんなことを言っても無駄なのはわかっていた。私が花山病院を去るしかなかった。

ただ、叔父のあの怒りようでは、刑事事件になる可能性もあった。私が病院の金を横領した形になっているのは事実で、その罪を問われれば、どうにもならない。少なくとも民事訴訟は免れないだろう。

どうすればいいのかわからないまま、その日の診療を終えてマンションに帰った。携帯が鳴ったのは、深夜十二時を回った時だった。

12

真夜中の病院は暗かった。グリーンの非常灯がついているだけだ。

入院患者は眠っているし、夜勤の看護婦もナースステーションに二人、巡回に二人、仮眠を取っている者二人とシフトが分かれている。

エレベーターのドアが開くと、中の照明がつき、そこだけ明るくなった。四階のボタンを押すと、音もなく動き出した。

すぐに特別個室に来てください、という女の声が頭を過った。

何があったのか尋ねたが、来ればわかりますとだけしか言わなかった。切迫した声に、タクシーを飛ばして病院まで来たが、何が起きているのかはわからないままだ。

四階の通路を非常灯が照らしている。速足で最奥部の特別個室に向かった。ノックせずにドアを開くと、目の前にリカが立っていた。

「叔父様が……」

リカを押しのけて中に入ると、ベッドに横たわった叔父が歪んだ顔を向けていた。瞳孔が開いていた。

叔父の手首、そして首の動脈に手を当てたが、脈はなかった。肩に触れると、叔父の頭がゆっくり落ち、そのまま動かなくなった。

「いったい何が……」

わかりません、とリカが私の隣に立った。

「巡回していたら、ここの明かりがついたままになっていることに気づいて、中に入りました。そうしたら、叔父様が……」

既に皮膚は冷たかった。一時間ほど前です、とリカが言った。

「たぶん、もっと前に亡くなられていたのだと思います。すぐ蘇生措置を施したのですが、どうにもならないとわかって、とにかく昌史さんに知らせなければと……」

どうして他の看護婦を呼ばなかった、と私は向き直った。

「蘇生措置？　一人で何ができると？」

叔父様はもう亡くなっていたの、とリカが首を振った。長い黒髪が揺れた。

「呼吸をしていなかったし、心臓も停まっていた。もちろん、できる限りのことはしたつもりよ。リカ、ＡＥＤだって使えるし。だけど、そんなことをしても意味ない。手遅れだってひと目でわかった」

死亡時刻は夜十一時前後、と私は腕時計に目をやった。急性心不全だと思う、とリカが叔父の乱れた前髪を直した。

「脳梗塞患者にはよくあることだし、それはあなたも知ってるでしょう？」

言われるまでもなく、医師である私の方が看護婦のリカより症例を多く見てきている。叔父の年齢から考えても心不全は十分あり得るし、倒れてから健康状態が良くなかったのも事実だ。

だが、心不全ではないとわかっていた。医師としての経験が、それを教えてくれた。

叔父の体に暗い紫色の死斑が広範囲に浮かんでいたが、それは窒息死の特徴だ。頸部に圧迫痕はなく、骨折や出血もない。皮膚に内出血もない。

従って、首を絞められたのではない。枕やタオルなどの布で鼻と口を塞がれたために、窒息した可能性が高い。

嫌な奴だった、というつぶやきが聞こえた。リカの唇が大きく歪んでいた。

「いやらしい変態ジジイ。リカが何をされたか、あなたに話したかった。でも、あなたがこのジジイを尊敬していたのはわかってたから、言えなかった。リカがガマンしていればいいあなたに心配をかけたくなかったのこいつが何をしてたかわかったらあなたはリカのことをきっと嫌いになるそんな淫らでふしだらな女だったのかって……でも、違うの。リカ、違う。

リカ、嫌だった。嫌で嫌で嫌で、毎日吐いていた。死にたかった。死ねば、もうあんないやらしいことされずに済む。あなたの顔を見ることさえ、恥ずかしくてできなかった。ゴメンなさい。でも、全部あなたのためにしたことなの」

君が殺したんだなと囁いた私に、何のこと、とリカが大きく首を傾げた。

「リカがこのジジイを殺す？　そんなわけない。リカ、そんなことしない。だって、殺したのはあなただもの」

「何だって？」

意味がわからなかった。この女は何を言っているのか。

すごく怒ってたよね、とリカがベッドの脚を蹴った。

「あなたのこと、すごく怒ってた。あんなに怒鳴ったら血管切れちゃうよって思ったぐらい。別にいいじゃない、この病院はあなたのものなんだし、あなたがお金を使ったって、そんなの自由でしょ？　このジジイはあなたにたかる寄生虫で、生かされているだけの蛆虫。それなのにあんなに偉そうにワガママばかり言って……リカはわかってる。殺すしかなかったよね。うん、いいの。リカ、許すよ。だって、あなたのことを愛しているから。全部許してあげる。あなたがしたこと、これからすること、すべて受け入れる。リカはあなたを愛してる。だから、すぐあなたを呼んだ。誰にも言わなかった。ねえ、誉めて。リカのこと誉めて。よくやったねって頭を撫でて。力いっぱい抱きしめて。ありがとうって言って。リカ、それだけでいいの」

　そのまま頭を寄せてきた。凄まじい臭気が私を包み、思わず飛び退った。

「何を言ってるんだ。ぼくが叔父を殺した？　ふざけるな、叔父だぞ。肉親なんだ。あれだけ世話になった叔父を、ぼくが殺すわけないだろう」

　だから許してあげるって言ってるじゃない、とリカが大きく口を開けて笑った。

「いいじゃない、別に。どうせ半分死んでるんだし、治るわけでもないし、治ったとしてもどうなるっていうの？　こんな年寄り、生きてるだけ無駄だって、そう思うでしょ？　世話している看護婦たちだって、みんなそう思ってた。あんなジジイ早く死ねばいいのにって、どうして死なないんだろうって。みんな喜んでる。あなたが殺したってわかったら、みんな感謝するよ。でも、それはさすがに言えないか。人殺しはまずいもんね」

　頭の奥を巨大なハンマーで殴られるような痛みを堪えながら、殺したのはお前だと私はリカを指さした。

「叔父が君に何をしたか、それは知らない。同情されるべきことがあったのかもしれない。だが、殺人を正当化する理由にはならない。警察に行こう。自首するんだ」

「どうして？」リカの顔に暗い笑みが広がった。「リカ、誰よりも叔父様のお世話をしてきた。実の娘のように可愛がってくれたし、リカもパパのように慕ってた。それは看護婦全員が知ってる。リカに叔父様を殺す理由なんてない。でも、あなたは？」

「何を言ってるんだ」

あなたは病院のお金を使い込んだ、とリカが真っ黒な目で覗き込んだ。腐敗臭に、また吐き気が込み上げてきた。

「それを知った叔父様が怒って、あなたを首にすると言っていたのは、もうみんな知ってるんだよ。殺したいって思ったでしょ？　この世からいなくなればいいって。リカ、全部わかってる。だって、リカはあなたを愛してるだから全部許してあげる」

なぜこの女は私が病院の金を不正流用したことを知っているのか、怒った叔父が私を責めたこともだ。激しい目眩（めまい）と頭痛が襲ってきた。

このまま朝まで何もなかったことにすればいい、とリカが囁いた。

「朝の巡回でリカが見つけて、それであなたに連絡する。急性心不全って死亡証明書に書けば、それですべてが終わる。それだけのことなのに、どうしてわからないの？　頭がいいのに、世間知らずだから？　でも大丈夫。これからはリカが一緒にいて、あなたのことを守ってあげる」

窓に何かが当たる音がした。雨が降り出していた。

すぐにその勢いが激しくなり、窓ガラスを大きな雨粒が覆い尽くした。そして、何も見えなくなった。

カルテ4　いつか

1

病院において、死は珍しくない。医師と看護婦は、死に慣れている。

この時もそうだった。私の連絡で集まってきた数名の看護婦は、突然の叔父の死に驚いていたし、心から悼(いた)んでいたが、その後の動きはある意味で事務的ですらあった。

叔父を地下の霊安室に運び、安置した後、腐敗防止など必要な措置を講じた。

叔父の妻は亡くなっており、子供はいない。一番近い肉親は姉である私の母で、その次が私ということになる。

他にも親戚はいたし、友人知人も多かったが、叔父の死が確認されたのが深夜だったこともあり、母以外への連絡は朝まで待たなければならなかった。

叔父の死亡診断書を書いたのも私だ。死因の欄に急性心不全と記入したが、不審に思う看護婦はいなかった。

脳梗塞患者の一般的な死因のひとつだし、七十歳という年齢から考えても、決して不自然とは言えない。

その間、リカは私のそばから離れず、専属秘書のように数名の看護婦たちに指示を下していた。

この日夜勤のシフトに入っていた看護婦全員が、リカより年下だったこともあり、それも自然な流れだった。

病院内の病死。医師の死亡診断書もある。一切法的な問題はなかった。

どこでもそうだが、花山病院にも懇意にしている葬儀社があり、連絡を入れた一時間後の深夜二時、担当者が飛んできた。

私もよく知っている本田山という社員で、ご愁傷様でしたとお悔やみの言葉を言った後、すぐに事務的な話が始まった。その時も、まるで家族の一員のような顔で、リカが私と母に付き添っていた。

通夜と告別式の日取りを決め、弔問客の人数など必要な情報を伝えると、関係各所へ連絡を入れ始めた本田山が、七十歳ですか、と携帯電話を耳に当てたまま私に目を向けた。

「弊社も院長先生には何かとお世話になったものです。いい方でしたよねえ……七十歳というのは、ちょっと早いようにも思いますが……ご病気のこともありましたからねえ」

寿命だったんでしょうと言った私に、そうかもしれませんとうなずいた本田山が携帯に向かって早口で説明を始めた。

急過ぎて何も考えられない、と母がため息をついた。そうだねとうなずいて、私はリカに目をやった。

この女が叔父を殺した。九十九パーセント、それは間違いない。

だが、絶対と断言することはできなかった。叔父の年齢、病状から考えると、急性心不全は決して不自然な死因と言えない。

法医学の専門医が検死をすれば、他殺の決定的な証拠が見つかるかもしれなかったが、叔父の名前を汚すようで、それは言えなかった。死亡診断書を書いたのは、リカのためではなく叔父のためだ。

仮に何らかの証拠が出たとしても、リカに叔父を殺害する動機はない。検死の結果他殺と判明した場合、嫌疑をかけられるのは私の可能性があった。その不安がなかったかと言えば嘘になる。

院長である叔父が死ぬことで利益を得るのは私だし、刈谷先生の借金に絡(から)んで、不正な金の動きが病院内にあったことは、経理担当者も知っていた。

私は叔父を殺していない。そんなことをするはずがないと、誰もが信じてくれるだろう。

ただ、叔父が死亡した時刻、私はマンションに一人でいた。アリバイは証明できない。

詳しい事情を警察が調べれば、私に疑いの目を向けるだろうし、取り調べられることもあり得た。

嫌疑を晴らす自信はあったが、時間がかかるのは確かで、騒ぎが終わった時、花山病院は閉院を余儀なくされるだろう。どんな患者も、変な噂の立った病院には行きたくないからだ。

いずれにしても、叔父は後五年も生きられなかった、と私は目をつぶった。

半身不随で、自分では何をすることもできず、病院内で最も費用のかかる特別個室を独占し、看護婦たちを怒鳴りつけるだけの毎日だった。誰もが叔父の存在を、心の奥底では負担に思っていた。

だからといって、殺すことなど考えられないし、我慢して付き合っていくしかなかったが、叔父が安らかな眠りについたことは、誰よりも叔父自身のために幸いだったと考えると、少し気分が落ち着いた。

だが、リカが私にとってこれまで以上に危険な存在となったのは間違いなかった。叔父の葬儀が終われば、どんな手を使ってでも辞めさせる、と私は心に決めていた。

2

二日後、通夜が執り行われた。

花山病院は中野区の地域医療に大きな貢献をしていたし、叔父自身交友関係は広く、叔父を慕う患者も多かったから、斎場には千人近い弔問客が訪れ、人の波が途切れることはなかった。

私と母、そして親類たちは焼香をする弔問客に頭を下げ続けていた。私の隣には真由美が座っていた。

婚約しているから、実質的に叔父の義理の姪になる。叔父と何度も会っていたし、叔父も真由美を可愛がっていた。私にとっても、いてくれるだけで心強かった。

「あの人は？」

真由美が私の耳元で囁いたのは、弔問客の波が途切れ、少し落ち着いた夜九時過ぎのことだった。

来ていない、と私は囁き返した。リカのことを言っているのはわかっていた。

「病院の医師や看護婦は、ほとんどが明日の告別式に来ることになっている。院長が亡くなったから本日休診、というわけにはいかない。入院患者もいるから、そのケアもある。ぼくだけは休みにしたけど、他のスタッフは今日も出勤しているんだ」

全員、ということではない。博子先生は勤務を終えたその足で駆けつけていたし、十人ほどの看護婦、職員も斎場を訪れていた。

ただ、シフトを急に変更するわけにもいかないので、ほとんどが告別式に参列する予定になっていた。

その方が良かった、と真由美が素早く左右に目をやった。

「あの人について、わかったことがあるの」

真由美はリカという名前を口にしなかった。何かを恐れているようにさえ見えた。

「彼女のことを知っている、という看護婦に話を聞いたの。青美看護学校で同期だった仁木さんって人。今は結婚して、専業主婦になってる」

「どうやってその人を見つけた？」

海林大附属病院に勤めている看護婦の先輩の紹介、と真由美が言った。

「出身が同じ高知で、年齢は離れていたけど、親しくしていたそうよ。直接会うことにしたけど、直前になってキャンセルされた。やっぱりあの人のことは話したくないって……結局、紹介してくれた看護婦に仁木さんの家に行ってもらった。話を聞いたと言ったけど、直接じゃない。その看護婦を介してってこと」

「それで？」

仁木さんは今三十六歳、と真由美が私を見つめた。

「十年前、二十六歳の時、青美に入学した。ずいぶん遅いけど、飲料メーカーの総務課で働いているうちに、昔からの夢だった看護婦になろうと決心して、会社を辞めて青美に入ったんだって。同期にあの人がいた。背が高くて、長い黒髪、少し体臭がきつかった。成績は上位で、頭のいい人だという印象があったそうよ。特別目立つわけでもなくて、いつも本ばかり読んでいた。周囲の人たちと積極的に交わろうとはしなかった。青美は前期後期の二期制で、前期が終わるまでは何もなかった」

遅れてやってきた弔問客が一礼して、焼香を始めた。頭を下げながら先を促すと、後期になって彼女に対する苛めが始まったみたい、と真由美が言った。

「理由はわからない、と仁木さんは話していたそうよ。何のきっかけも前触れもなく、そういうことになった。クラス単位ではなく、同学年の生徒たち、一期上の上級生も加わっていたし、先生たちも黙認していた。仁木さん本人はそんなつもりはなかったと否定しているけど、止めることはできなかったという意味では、自分も苛めに加担していたって……」

「そんなことがあったのか」

「結局、一年目の終わりに仁木さんは体を壊して青美を退校したから、その後のことはよくわからないって……ただ、仁木さんの同期生は、ほとんど全員が死んでいる」

「何だって？」

「二年目の五月十二日、戴帽式の時、ロウソクの火が何かに燃え移って、講堂が火事になったんだけど、それに巻き込まれて焼け死んだの」

五月十二日はナイチンゲールの生誕日で、看護系学校、専門学校にとって特別な日だ。戴帽の習慣そのものは減っているようだが、セレモニーとして行なっている学校は少なくない。青美もそのひとつだったのだろう。

火事のことは前に聞いた、と私はうなずいた。仁木さんはあの人も死んだとずっと思っていたそうよ、と真由美が声を低くした。

「だけど、噂を聞いた。背の高い、長い黒髪の看護婦が都内の病院で働いているって……あの火事が不運な偶然によるものではない、と仁木さんは確信していた。あの女が講堂に放火して、自分を苛めていた同期生、そして先生たちを焼き殺したと。もし、病気で退校していなかったら、自分も殺されていただろうと……根拠も証拠も何もない話だけど、彼女はそれを知っているの」

　青美が廃校になった最も大きな理由はその火事だった、と私は椅子に腰を下ろした。

「ぼくも過去の新聞を調べてみたんだけど、警察も消防も火災原因の調査をしたようだ。事件性はないと判断されたんだろう。続報はなかった。そして、今になってあの火事のことを再調査することはできない」

　もちろん無理ね、と真由美が苦笑した。

「でも、はっきり言えることがある。叔父様が亡くなったことで、あなたが花山病院の院長に就くしかなくなった。そうよね？　それなら、院長権限でも何でもいいから、あの人を辞めさせるべき。そうしなければ、恐ろしいことが起きる。あなただって、わかっているはず」

　そのつもりだ、と私は答えた。

「明日の告別式が終われば、一段落つく。落ち着き次第、君の言う通りにする。ぼくもそのつもりだった」

　それならいいの、と真由美が顔を前に向けた。

「今はそれだけ。こんな話をする場じゃないってわかってる。だけど、どうしても伝えておかないとって思って……」

　わかってると肩に手を置いた時、私の視界の端を黒い影が横切っていった。

女性ということ以外、何もわからなかったが、気づくと両腕に鳥肌が立っていた。

3

花山病院自体は休院しなかったが、叔父の告別式の後、私は忌引を取って一週間休むことにした。

現実面で言えば、叔父の死によって相続の問題が発生し、その対処をしなければならなかったし、七十三歳の母に後のことを任せるわけにはいかない。

叔父の親類縁者は数こそ多かったが、ほとんどが地方で暮らしている。最も関係の深い私が、すべてを託された。

叔父の私的な相続だけではなく、病院そのものも引き継がなければならなかったから、簡単に済む話ではない。

ただ、私が休みを取った理由は他にあった。この数カ月、さまざまなトラブルが私を襲っていた。それについて改めて考えなければならなかったし、そのために会っておきたい人もいた。

今思えば、すべての発端は六月の終わりに看護婦の新規採用を決めたことだった。そして、最大の過ちはリカを雇ったことにあった。

あの時、私を含め四人の医師、そして小山内婦長と二人の副婦長で面接をしたが、最終的な決定権は私にあった。

正直なところ、経験、あるいは能力がある人なら誰でもいいぐらいに思っていたし、それは他の医師たちも同じだったろう。

採用する看護婦の経歴、条件面などを考え合わせ、リカを採用することにした。面接の際、気になる点はほとんどなかったし、慶葉病院内田前理事長の推薦ということが、採用の決め手のひとつだった。

その決定に反対したのは小山内婦長だった。あの時、彼女がなぜあそこまで感情的になっているのか、私にはわからなかった。特に理由もないまま、気に入らないと言っているようにしか聞こえなかった。

その意見を押し切るほど、こだわっていたわけではないが、そこまで反対するのもどうだろうと思ったのは事実だし、婦長もそれはわかっていただろう。

結局、彼女は副院長である私への配慮もあって、リカの採用に同意した。あれが悪夢の始まりだった。

あの時、リカが私に対して恋愛感情を抱くことなど、考えてもいなかった。面接の時に初めて会い、五分か十分話しただけだ。そんな相手に恋をする者などいるはずもないだろう。

だが、おそらくリカは最初から、初めて会ったその瞬間から、私に好意を持った。

なぜ、と言われても、誰にも答えられないだろう。それはリカにしか理解できない論理であり、感情だからだ。

リカは周到な罠を私の周りに仕掛けていった。外科部の担当看護婦となり、私と接触する時間を増やしたのもそのひとつだ。

そして、仲代の医療事故が起きた。あの時、緊急事態だという意識が強く働き、私の思考は一時的な機能停止状態に陥っていた。

判断力を失い、リカに従うしかなかった。あれもリカの巧妙な誘導に嵌められたのだと、今になるとよくわかった。

藤鐘が言っていたように、私はペアン鉗子を仲代の腹腔内に残していなかった。術式そのものに間違いはなく、医療事故はリカが意図的に起こしたものだった。

手術直後、縫合糸を切断し、リカは肉が開いたままの仲代の腹部にペアン鉗子を押し込んだ。あれはリカによって捏造された医療事故だった。

混乱していた私はそれに気づかず、リカに弱みを握られる形になった。辞めさせることができなくなったのはそのためだ。医療ミスの証拠となるペアン鉗子をリカが持っている限り、私には何もできなかった。

そうやって、着々と周辺を固めてから、リカは邪魔者の排除を開始した。最初の犠牲者は小山内婦長だった。

仮採用の期間中、小山内婦長は何度も私にリカを辞めさせるべきだと強く勧めていたが、それに気づいていたのだろう。リカにとって、小山内婦長は邪魔で憎むべき存在だった。だから、ためらうことなく階段から落とした。頸髄を損傷し、ただ生きているだけの婦長。階段で転倒する事故が起きたとしても、あそこまで酷い落ち方をすることはあり得ない。誰かが故意に強い力で突き飛ばさなければ、あんなことにはならなかったはずだ。

その他にもさまざまなことが起きていた。患者の近藤佳織の自宅に精液の詰まったコンドームが送られたこと、受付の丘留が辞めたこと、看護婦の森田のアパートが放火されたこと。そして叔父の死。

すべてにリカが係わっている。証拠は何もない。だが、絶対だ。

記憶を辿り、私はひとつの結論に達していた。リカが排除しようとしたのは、すべて私と近しい関係にある者、あるいは私に好意を持っている者だった。それはリカにとって夾雑物(きょうざつ)であり、邪魔で排除すべき対象だった。

だから、迷うことなくあの女は手を下した。叔父も含め、私とリカの間に入ってくる者は、すべてが敵に見えたのだろう。

お礼という口実で私を食事に誘った近藤佳織のことは言うまでもないが、丘留は受付を担当し、誰に対しても愛想のいい女性だった。

実質的な意味で花山病院の責任者である私には、特に気を遣っていたかもしれない。それがリカの目には、媚びていると映ったに違いない。

森田にしてもそうだ。プライベートな関係は一切ないが、彼女にはボディタッチをする癖があった。

どこかでリカは私に触れる森田を見た。ただそれだけの理由でアパートに放火して、彼女を殺そうとした。

リカの行動の原動力は嫉妬だ。ただ話しているだけでも許せない。自分以外の女性に笑顔を見せることもだ。

そんな女たちは絶対に罰しなければならないという強烈で強引な思い込みが、彼女を突き動かしていた。

だが、それを警察に訴えても無駄なのはわかっていた。そんな女性がいるはずないでしょうと言われ、あなたは自意識過剰ですと帰宅を促されるだけだ。

証拠がない以上、私にできるのはこれ以上被害者を増やさないことだった。そのために、会って話さなければならない人物がいる。面識はなかったが、伝はあった。

電話を入れると、意外と簡単にアポが取れた。明日の昼伺いますと言って、私は受話器を置いた。

4

三田にある慶葉大学医学部の門をくぐったのは、翌日の午後一時だった。守衛に名前を伝えると、連絡が入っていたのか、一階の応接室の場所を教えられた。

大学の職員が運んできたコーヒーを飲みながら五分ほど待っていると、肥大した体の老人が笑みを浮かべながら入ってきた。

突然すみませんと立ち上がりかけた私に、そのままで結構、と内田忠弥慶葉病院前理事長が向かい側のソファにゆっくりと腰を下ろした。

「叔父上のことは存じてますよ。中野の花山病院は地域医療の担い手として、よく知られていますからな。確か、わたしより三つ四つ下だと思いましたが、亡くなられたそうですな。お悔やみ申し上げます」

医師というより、政治家のような話し方だった。今日でよかった、と内田前理事長が笑みを浮かべた。

「週に一度、東京へ出てくるんですよ。理事長を辞めてからは田舎暮らしなんですが、こんな老人に相談したいという人がまだいるものでね……ところで、ご用件は？　昨日の電話では、わたしが推薦した看護婦について確認したいことがあるということでしたが」

ご覧いただけますか、と私はスーツの内ポケットから封筒を取り出した。推薦状ですか、と中の便箋を太い指で抜き取った内田前理事長が老眼鏡をかけた。

「ほおほお、雨宮リカ看護婦ね……慶葉病院外科部土古路外科主任の下で五年働き、非常に優秀だったことを保証し、推薦します。内田忠弥。わたしの名前ですな」

この推薦状をお書きになったのは先生でしょうか、と私は身を乗り出した。

「もしそうであるなら、雨宮リカという看護婦について伺いたいことが……」

わたしの字ではありませんな、と内田前理事長が老眼鏡を外した。笑みが顔から消えていた。

「いや、看護婦の推薦状を書くことはあります。しかし、これはわたしが書いたものではありません。印もわたしのものではないし、そもそも雨宮リカという看護婦を知らんのです。いくら何でも、知らない人を推薦することはできませんな」

やはりそうでしたか、と私は座り直した。この推薦状はリカが偽造したものだ。千葉の坂本クリニックの推薦状もそうなのだろう。

「ただ、慶葉病院で勤務経験があったようなのですが」

面接の時、刈谷先生が後輩の桜田という眼科医の名前を言ったが、リカは知っていると話していた。親しくしていたわけではないということだったが、話をしたことぐらいはあったのではないか。

桜田ですが、と内田全理事長が口元をすぼめた。

「二年ほど前、退職しています。正確に言いますと、無断欠勤が続いて、辞めてもらうしかなかったんですな。辞め方が良くなくて、それで覚えています。本人は心を病んで、家に引き込もって一歩も外へ出ないとご家族から連絡があったのですが、事情を聞こうにも電話にさえ出なくて……」

「一年ほど前、雨宮リカは外で会ったと言ってました。確か、新宿だったと思いますが」

あり得ませんな、と内田前理事長が肩をすくめた。リカがあの時嘘をついていたのがわかった。

刈谷先生が出した桜田という眼科医の名前を自ら言うことで、慶葉病院で勤務していたと思わせたかったのだろう。詐欺師のような手口だが、私たちを信じ込ませるには十分なものがあった。

「察するに、わたしの名前を使った者が花山病院に勤務している、そういうことですかな」

ない話ではありません、と内田前理事長がうなずいた。「前にも何度か勝手に名前を使われたことがあります。嫌な世の中ですな……失礼、もう一度見せてもらえますか？」

どうぞとうなずくと、雨宮リカ、と内田前理事長が腕を組んだ。

「雨宮、雨宮……こちらの別紙は本人の履歴書ですね？　父親は外科医、麻布でクリニックを開業とある。雨宮タケシのことでしょうか」

名前は聞いていませんと言った私に、武士と書いてタケシと読みます、と宙で指を動かした。

「直接は知らないのですが、わたしより十歳……もっと下かもしれません。うちの大学のOBでもないのですが、名前だけは聞いたことがあります。あまりいい話ではありませんがね」

「どういうことです？」

女癖が悪かったんですな、と内田前理事長が小指を立てた。

「クリニックの看護婦に手を出したり、人妻の患者と関係を持ったり、中には妊娠させた者もいたとか、そんな話です。被害者の一人がうちの短大出の看護婦でね……確か奥さんの実家が医者だったか、資産家だったかで、金はあったようです。双子の娘さんがいて、ユカとかカナとかリカとか、そんな感じの名前だったような記憶があります。もっとも、ずいぶん昔の話ですから、確かではありませんがね」

「雨宮医師は事故で亡くなったと、本人が話していましたが……」

それも有名な話でね、と内田前理事長が首に手を当てた。

「交通事故だったと聞いています。ずいぶん酷い事故だったようですな。一緒にいた看護婦の首が反対車線まで飛んでいったとか……どこまで本当かはわかりませんがね。奥さんはそのショックで娘さんを連れて家を出たそうですが、それがリカという娘だったのかな？　すみませんが、それ以上詳しいことは……」

お忙しいところ、ありがとうございましたと頭を下げた私に、失礼ですが、と内田前理事長が首をかすかに傾けた。

「何かトラブルが？　その雨宮リカという看護婦が何かしたということでしょうか。何と言っていいのかわかりませんが、あなたが相当なストレスを抱えているのは、顔を見ればわかります。わたしも医者ですからな……もっと言えば、そのトラブルの根は、かなり深いようです。余計なお世話かもしれませんが、相談事があれば伺いますよ。話すだけでも気が紛れることがあるのは、あなたもおわかりだと思いますが」

好意が伝わってくる、温かい声音だった。この人にならすべてを話せると思い、口を開こうとした私の携帯電話がフルボリュームで鳴り出した。

「今、どちらですか？」

電話をかけてきたのは原口だった。切迫した様子に、思わず私は内田前理事長に背中を向けた。

「何かあったのか？」

「……藤鐘さんが自殺しました。四階の特別個室で首を吊って……」

すぐ戻ると携帯を切った。あっけに取られたように見つめている内田前理事長に、失礼しますとだけ言って、そのまま応接室を飛び出した。頭の中が真っ白になっていた。

5

三田から中野まで、タクシーで直行した。花山病院に着くと、二台のパトカーと数名の制服警察官が立っているのが見えた。

院長ですと名乗ると、一人の警察官が私を中に入れてくれた。

原口が藤鐘の自殺遺体を発見したのは一時間ほど前だったこと、病院内の男性医師が蘇生処置を施したが間に合わなかったこと、警察に通報があったのはその直後だったことなど、四階へ向かうエレベーターの中で状況を簡単に説明してくれた。男性医師というのは柏手先生のことだろう。

特別個室の前に背広姿の男が二人いたが、刑事だと雰囲気でわかった。二人が話を聞いていたのは、原口と柏手先生だった。

「……警察としては、自殺は変死扱いになりますので、その辺りはご理解いただければと……」

私に気づいた柏手先生が、院長、と悲鳴のような声を上げた。

「どちらにいらしたんです？　わたしにはもう、何がなんだか……」

六合村(くにむら)といいます、と年かさの男が警察手帳を見せた。もう一人の若い刑事は名乗らなかった。

「大矢院長ですね？　状況について、聞いていますか？」

詳しいことは、と私は首を振った。六合村が顎をしゃくると、若い刑事が特別個室のドアを開いた。

ブルゾンを着た数名の男と、白衣を着た女性、そしてベッドに横たわっている藤鐘の姿が見えた。青黒い舌がだらりと伸び、首があり得ないほどの長さになっている。床の黒い染みは、失禁のためだろう。

「今も説明していたところですが、自殺は変死と警察は判断します」ドアを閉めろ、と六合村が命じた。「院長ならおわかりかと思いますが、今、警察病院の医師と鑑識が入って調べています。しばらくはこのままの状態ということになりますが、ご理解ください」

詳しく説明してください、と私は六合村の腕を摑んだ。

「何が起きたんです？　いったいどうなっているのか……」

若い刑事が一枚の紙を差し出した。遺書です、と六合村が言った。

「先週、花山前院長が心不全で亡くなられたそうですね。藤鐘看護婦は花山院長の地域医療に対する姿勢に強く共感し、この病院で働くことを希望したと聞きました。警察でも花山病院のことは有名でしてね、花山院長は区からも表彰を受けています。優秀な医師であり、人格者だったということですが」

藤鐘さんだけではありません、と原口がか細い声で言った。

「当院の看護婦は、花山院長の下で働きたいと考えている者ばかりでした」

変死と言いましたが、藤鐘さんは自殺したと考えられます、と六合村が眉間に皺を寄せた。

「遺書にもありましたが、花山院長が亡くなられたことがショックだったようですね。急激な鬱状態に陥り、発作的に自ら命を断った。稀にですが、起こり得るケースです。喪失感による自殺、ということだと思いますね」

「その判断は遺書が残っていたからですか？」私は手の中の紙に目を向けた。「ぼくには信じられません。藤鐘さんが叔父の死にショックを受けたのは事実でしょうが、彼女は自殺するような性格ではないんです。遺書だってワープロで打ったものですし、偽装自殺ということも——」

　妙なことをおっしゃるんですね、と六合村が苦笑した。

「大矢院長の口から、偽装自殺という言葉が出てくるとは思っていませんでした。確かに、遺書はワープロで打たれたもので、本人の指紋が残っていましたが、藤鐘さんが書いたとは断定できません。ですが、間違いなく自殺です」

　六合村が横に目を向けた。原口さんが藤鐘さんを発見して、すぐわたしに連絡が来ましたと柏手先生がうなずいた。

「午後一時頃です。すぐ四階に上がりましたが、原口さん以外誰もいませんでした。二人で蘇生を試みましたが、手遅れとわかり、原口さんが大矢院長に、わたしが警察に通報しました。すぐ警察病院の医師が駆けつけ、二人で確認しましたが、いわゆる吉川線がないことも含め、縊死の特徴である顔面の蒼白などが認められ、その他の状況からも、自殺というのが私たちの結論です」

吉川線については、医大生の頃、私も講義を受けたことがあった。紐やロープで首を絞められた場合、被害者は抵抗するが、その際首筋に引っ掻き傷が残る。それが吉川線だ。

藤鐘の首に吉川線がなかったというのが事実なら、自殺の可能性が高くなる。

ロープの結び目が首の後ろ側にあったことも自殺であることを示しています、と六合村が言った。

「現場が荒れていたわけでもなく、きれいなものです。他殺なら、ひと目見ればわかりますよ。我々もこういう現場には慣れていますからね。もちろん、百パーセントとは言えませんし、最初に申しましたように自殺は変死扱いになりますから、司法解剖に回します。ですが、プロである我々の目から見て、藤鐘さんは間違いなく自殺ですよ。大矢院長、どうして偽装自殺なんて物騒なことを言い出すんですか？　何か思い当たることでも？」

藤鐘さんらしくないと思ったものですから、と私は視線を逸らした。原口が見つめている。何も言わない方がいい、と一度だけ小さく首を振った。

藤鐘が自殺などするはずがないことを、原口は知っている。叔父の死が彼女に精神的なダメージを与えたとしても、それを理由に自ら首をくくることなどあり得ない。

つまり、彼女の死は自殺ではない。事故死でもない。残るのは自殺を装った他殺だ。その犯人はリカしかいない。

だが、それを口にしてはならない、と原口の目が訴えていた。あの女の名前を口にすれば、自らに死刑宣言をするのと同じだ。そう原口は言いたいのだろう。

検死をしても、他殺の証拠が出る可能性は低かった。首吊り自殺を装った他殺の場合、吉川線以外にもいくつか明確な特徴があるが、医師や看護婦のようにそれを知っている者なら、容易ではないにしても偽装は困難と言えない。

リカにはそれだけの医学の知識がある。どこで学んだのかはわからないが、法医学についても詳しいようだ。

十分な知識を持つ者が、時間をかけて偽装工作をすれば、証拠をほとんど残すことなく、自殺死体を作り上げることも決して不可能ではない。

藤鐘の死、叔父の死にリカが係わっていることは間違いなかった。それを警察に強く訴えれば、もう一度叔父の死因を調べ直すことや、藤鐘の死について詳しく検証することが可能になるかもしれない。

叔父の死について真相を話せば、私自身が糾弾されることになる。叔父の死亡診断書を書いたのは私で、その責任も問われる。医師免許の剝奪は確実だ。

それでも構わない、と首を強く振った。あの女は人殺しだ。しかも、何をするかわからない人殺しなのだ。

放置しておくわけにはいかない。それが私にできる唯一の償いであり、過ちを正すたったひとつの道だ。

刑事さん、と口を開こうとした時、叫び声が聞こえた。看護婦の倉田友里が立っていた。二十歳とまだ若く、経験も一年ほどだったが、藤鐘が目をかけていた看護婦だ。

「藤鐘さんが自殺するなんて……」泣き叫びながら、倉田が身をよじるようにした。「そんなこと、あり得ません！　雨宮さんです！　雨宮さんが殺したんです！」

今日、倉田は非番のはずだった。看護婦の誰かが、藤鐘の死を知らせたのだろう。

倉田はそれを信じることができなかった。急ぎ病院に駆けつけ、詳しい状況を他の看護婦に聞いたが、納得できないまま四階へ上がってきて、リカが殺したと訴えている。

雨宮さんというのは、と六合村刑事が視線を向けた。

うちの看護婦です、と私は答えた。叫び続けている倉田を、数人の看護婦たちが引きずるようにして三階へ下ろすのが見えた。

「今のはどういう意味です？　雨宮さんという看護婦と藤鐘さんの間に、何かあったんですか？」

私は原口と目を合わせた。藤鐘がリカを嫌っていたのは確かだ。忌むべき存在だと考えていたのは、私も本人の口から直接聞いていた。

新婦長代理になった時から、雨宮リカを辞めさせるべきだと藤鐘は私に何度か進言していたし、私もそのつもりだった。

だが、具体的にあの二人の間に何かあったのかと問われると、答えようがない。担当する科も違うし、接点も特になかった。

見方にもよるが、藤鐘が一方的にリカを嫌っていた、という言い方もできるかもしれない。藤鐘自身、自分がなぜリカを嫌い、恐れているのか、その理由をはっきり言ったわけではなかった。

あの人はおかしい、普通じゃない、嘘ばかりつく、そんなレベルの話しか聞いていない。勝手な思い込み、と言われればその通りだ。

男の人にはわからないんです、とため息をついていたが、そうだとすればなおさら六合村刑事に何があったかを説明することはできなかった。

あの二人は仲が悪かったのかと尋ねられても、そこまでの関係性はなかったでしょう、と答えるしかない。他の医師、看護婦も同じだろう。

「どうも、いろいろ詳しい事情を聞かなければならんようですね」何かを感じたのか、六合村が口元を歪めた。「ですが、今日の今日ということではありません。まず遺体を調べ、自殺なのかそうではないのか、そこを確認する方が先です。我々も無駄な時間は使いたくありませんからね」

また連絡します、と背を向けた六合村が若い刑事と共に特別個室に入っていった。

雨宮看護婦はどこにと小声で囁くと、昨日は夜勤でした、と原口が更に低い声で答えた。

連絡を取って、病院へ来るよう伝えてくれと命じて、エレベーターホールに足を向けた。

どうにもならないほど疲れていた。

6

夕方になって、副院長室にいた私に六合村から電話があった。検死報告書が届きました、とほとんど前置き抜きで話し始めたが、藤鐘の死は自殺というのがその結論だった。

かつて昭和二十四年に起きた下山事件で、列車に轢かれた国鉄の下山総裁の死因について、東大と慶應義塾大学の医学部教授の意見がまったく逆になったことがある。

もう三十年以上昔の事件で、当時と今では検死のレベルが違っていることを、医師として私は知っていたが、検死には予断が付き物なのは常識だった。

今回の場合、藤鐘は遺書を残している。それが検死医の中で先入観になっていたとすれば、司法解剖の意味などないも同然だ。結論ありきで調べた場合、真実が歪んでしまうことも十分にあり得る。

だが、それを六合村に言っても何も変わらないだろう。私は単なる一介の町医者で、経験も浅い。そして法医学の専門家でもなかった。もっと詳しく調べるべきだといっても、六合村が了解するはずもない。

どうするべきかわからないまま、通話を終えた私の手の中で、また携帯電話が鳴り始めた。

まだ何かあるのかと思いながら電話を耳に当てると、リカだよ、という明るい声がした。

私はデスクを離れ、ソファに腰を下ろした。

「何をしてる？　今どこだ？」

「気になる？　ホント、男の人ってそういうところあるよね。束縛したい、みたいな？　うん、いいの。リカ、嬉しい。そういうふうに思ってくれるの昌史さんだけだからリカはねリカはそういうロマンチックな昌史さんのこと――」

話を聞け、と私は空いていた右手で額の汗を拭った。

「正直に答えろ。藤鐘婦長代理が自殺したが、君が関与しているんだな？」

君なんて呼ばないで、と怒ったような声がした。

「リカって呼んでって、いつも言ってるでしょ？　そりゃあ、恥ずかしいかもしれないけど、リカと昌史さんは付き合ってるんだから、やっぱり名前で呼び合う方が自然だと思うの。そんなの中学生や高校生のカップルだけだって、きっと昌史さんは言うよね。でも、それって女心がわかっていない証拠。女の子はね、誰だって特別扱いしてほしい。名前で呼ばれたら、やっぱり嬉しい。もちろん照れ臭いけど、そんなのすぐ慣れるし……」

質問に答えろ、と私は怒鳴った。

「藤鐘さんの話をしている。君が殺したんだな？　叔父のこともだ。他にもある、小山内婦長だって君が——」

何言ってるのかわかんないよ、とむくれたようなリカの声がした。

「どうかしちゃったの？　そりゃ、叔父様のことはショックだったと思う。リカにはわかる。だって、昌史さんにとって、あの人は肉親で、血が繋がってるから。あんな嫌な変態ジジイでも、死ねば悲しいよね。辛いのはわかるよ苦しいと思うだからリカがいるリカがずっとそばにいるあなたのそばにいてリカがなぐさめてあげるリカがだから」

とにかくすぐ病院に来るんだ、と携帯電話を耳から離した。これ以上この女の声を聞いていたら、私は間違いなく嘔吐する。

「詳しい話を聞かせてもらう。それによって、今後どうするかを決める」

「プロポーズはまだ早いよ。ううん、嫌だなんて言ってない。リカもそのつもりだよ。昌史さんと結婚するって決めてる。こんなに愛し合ってるんだもん。だけど、そう簡単にいかないのはわかるよね？　女の子にはいろいろ考えなきゃならないことがあるの。それに、周りのこともあるし」

「周り？」

だって職場結婚じゃない、とリカがおかしそうに笑った。その笑い声はいつまでも続いた。

「ああ、おかしい。息が詰まるかと思った……意味、わかるでしょ？　同じ病院で働いてるんだよ。そんな二人が結婚したら、冷やかされるに決まってる。リカ、そういうの苦手。単に冷やかすだけならいいけど、そんなはずない。嫉妬もある。院長先生と看護婦の結婚だもの、羨ましくないはずない。そりゃ、おめでとうとか、みんな言うよ。それが常識だし、マナーだし、礼儀だから。でも、本心じゃない。リカにはわかるリカはそういうの一番嫌いすごく腹がリカは立つ苛々する我慢できない」

病院に来てくれ、と私はまた額に滲んだ汗を拭った。行くけど、とリカが言った。

「でも、それは病院を辞めてから。実はね、さっき退職届を送ったところなの。いろいろ考えたけど、やっぱりその方がいいと思って」

「退職届を送った？」

どうして同じことを何度も聞き返すの、とリカが甲高い笑い声を上げた。激しい頭痛と耳鳴りが始まっていた。

「身辺整理ってとこかな。リカは少し古いのかもしれないけど、結婚したら女性は家庭に入るべきだって思うのね。専業主婦になった方がいいって。その方が、あなただって安心して働けるでしょ？　そして子供を産んで、できれば犬も飼いたいな。マンションは嫌。小さくてもいいから、一軒家がいい。だって、マンションは家じゃないから。それに、庭は欲しいかも。ほら、子供が遊ぶ場所があった方がいいでしょ？　公園とか、そんなところで遊ばせるのはダメ。だって汚いし不潔だしそんなところで他の下品な人たちの子供と遊ぶなんて、考えただけで気分が悪くなっちゃう」

よく聞け、と私は携帯電話を持ち直した。

「何を言ってるのか、まるでわからない。ぼくは君と結婚するつもりなんて、これっぽっちもない。君はどうかしてる。大きな病院で精密検査を受けるべきだ」

心配してくれるんだね、とリカが洟をすする音がした。

「ありがとう、そういう優しいところ、大好き……いつも感謝してます。本当にありがとう」

話はまったく嚙み合わないままだった。頭痛が酷くなっていた。

何を言っても、この女は自分にとって都合のいい話にすり替える。徒労感だけがあった。

「どこにいる？　迎えに行くから、今会おう」

「またデートの誘い？　ホント、昌史さんってそういうところあるよね。独占欲が強いのかな？　うん、でも悪い気はしないかも。リカもそういうところあるから。リカは昌史さんのものだし昌史さんはリカのもの。何か、すごくいい感じって思わない？」

迎えに行くと言ってるんだ、と私は立ち上がった。

「どこにいる？　今すぐ行く。話をしよう」

「嬉しいし、リカもそうしたいよ。でも、リカには他人を思いやる心がある。だって優しいから。リカは誰よりも優しいし、昌史さんのこと考えてるから。今、忙しいでしょ？　まだ叔父様が亡くなられてから一週間しか経っていないし、院長としての立場があるのもわかってる。すごく大変だと思う。だから、リカ我慢する。会いたいけど、ワガママ言って困らせたりしない。リカ、偉いでしょ？　誉めてよ、いい子だねって愛してるって――」

何を言っているのか、私にはわからなかった。どうすればこの女を説得できるだろう。

「でも、ひとつだけ言ってないことがあるの」スイッチが切り替わったように、リカの声が低くなった。「ねえ、あの女とまだ会ってるの？」

「あの女？」

「嫌な感じ。女狐っていうの？　ああいう女ってしつこいから、いい顔しちゃ駄目だよ。昌史さんは優しいから、誰にでも愛想よくしちゃうところがあるでしょ？　そういう男につけこむのがうまい女っているんだよね。リカ、大嫌い。人の物を盗むなんて、泥棒だよ。泥棒猫。最悪、最低。あんな女のどこがいいの？」

誰のことを言っているのか。まさか、真由美のことだろうか。

ああいう女が一番性悪、とリカが呪詛のような言葉を吐いた。

「あれは人間じゃないましてや女じゃない化け物バケモノ人の皮を被ったバケモノ色気で男を惑わすだけの鬼女。そりゃ、ちょっときれいかもしれないけど、育ちが悪いのは見ればわかる。昌史さん、気をつけて。騙されないで。大丈夫、リカが守ってあげるあんな女からあなたを守るそれがリカの務めだってそれがリカに与えられた使命だからリカはそれが運命だったの」

「何を言っているのかわからない。話を聞くんだ。君は人を殺した。ぼくはそれを知っている。君も罪を認めるべきだ。藤鐘さんだけじゃない、叔父のこともそうだ。あの時、死亡診断書にサインしたが、それはぼくの過ちだった。ぼくも叔父殺しの事後従犯になるんだろうが、そんなことは構わない。罪を償う覚悟がある。今すぐ自首するんだ」

リカ、あの女嫌い、とつぶやきが漏れた。私の言葉など聞いていないのがわかった。

「上品ぶって、あんな取り澄ました様子で、お葬式の時もちゃっかりあなたの隣に座って……本当に腹が立つ苛々するすごくすごくすごくすごく――」

いきなり通話が切れた。すぐかけ直したが、呼び出し音が鳴り続けるだけだった。

どす黒い不安が私の胸を覆った。まさか、リカは真由美に危害を加えるつもりなのか。

二人は言葉を交わしたことすらない。真由美に至っては、リカの顔すら見ていないはずだ。だが、関係性がどんなに薄くても、リカには関係ない。私の近くにいる者は、すべて敵と考えている。リカが真由美を襲うことも十分にあり得た。

その場で電話をかけると、すぐ真由美が出た。今、どこにいると尋ねると、海林大学附属病院の仮眠室、と少しぼんやりした声で真由美が答えた。

「どうしたの？　そんな暗い声で電話をかけてくるなんて……」

病院内にいる限り、真由美は安全だ。安堵のため息をひとつついてから、藤鐘の死を伝えた。

「警察は自殺だと言っているが、殺されたとぼくは考えている。犯人はリカだ。あの女が次に狙うのは君かもしれない。身辺に気をつけて、絶対一人にならないように。何をしてくるかわからない女だ。もしリカが現れたら、すぐ連絡してくれ。いいね？」

わかった、と真由美が答えた。少しだけ声が震えていた。

7

その後、リカが提出していた履歴書の住所を頼りに、彼女の現住所に向かった。

大久保の外れにある集合アパートの表札には升本ヨネとあったが、何度チャイムを鳴らしても応答はなかった。

隣家のドアをノックすると、老夫婦が顔を覗かせた。隣の升本ヨネさんについて教えてくださいと頼むと、二人が顔を見合わせて、ゆっくりと首を左右に振った。

二人が集合アパートで暮らし始めたのは五年ほど前で、その頃には既にヨネも住んでいた。だが、一年ほど前にヨネの姿を見ることはなくなったという。

「わたしらもはっきりとは聞いてませんけど、元はいい家のお嬢さんだったらしいですよ」

話してくれた老夫婦の妻には、少し北関東のアクセントが混じっていた。「何度か話したことがありますけど、確か実家か嫁ぎ先が医者だったとか、そんなことを言っていたように思います」

「四年前に階段で転んで、腰の骨を折ったんですよ」あの時は大変だったなあ、と人の良さそうな夫がうなずいた。「親戚の方がたまたま訪ねてきていたんで、救急車を呼んで病院に運んだのかな？　それからはよくわからんですね。戻ってくるつもりなのか、家賃はずっと払ってるようですけど」

つきあいにくい人でしたよ、と妻が首を振った。

「誰のことも信用しなくてねえ。昔、よほど酷いことがあったんだと思いますよ。わたしらのことだって、これっぽっちも信じてませんでした。家も財産も盗まれたとか、そんなことを言ってましたっけ。たぶん嘘じゃないんでしょう。そういうのは、何となくわかりますから」

誰か訪ねてくる人はいませんでしたかと聞くと、親戚の方が時々来ていたようです、と答えが返ってきた。

「でも、いつも夜遅くで、顔は見ていません。一度だけ、昨日孫が来ていたと話すのを聞いたことがありますけど、怯えた様子をしていて、妙だなと思ったのを覚えています。孫のことも信じていなかったんですかね」

リカの風貌を話したが、覚えていないという。それ以上は何もわからなかった。

慶葉病院での勤務歴は嘘だったし、リカが住んでいるのはこの集合アパートではない。

卒業しているはずの青美看護学校も今はなく、火事にあった校舎は取り壊され、今は別の会社のビルが建っている。火災のため青美の卒業生の資料はすべて焼け、何も残っていないこともわかっていた。

最後の望みの綱は、千葉にある坂本クリニックだった。何度か連絡を入れると、ようやく坂本と名乗る男が電話に出た。

声だけを聞いても、はっきり老人だとわかった。しかも、かなり高齢のようだ。耳が遠いのか、何を聞いても埒が明かない。半ば強引に面会の約束を取り付け、私自身が千葉へ行くことにした。

だが、約束の日の朝、また事故が起きた。早朝七時、倉田看護婦が花山病院の前にある路地で車に撥ねられ、重傷を負ったという連絡を受けて、私はすぐ病院へ向かった。

8

重傷という第一報に不安が胸を過ったが、病院へ向かう途中に詳しい連絡が入り、全治二カ月ほどの右腕と右大腿骨の単純骨折だとわかった。

連絡をくれた博子先生によると、意識もはっきりしており、後遺症が残ることもないだろうという。

病院の前でタクシーを降りると、一台のパトカーが停まっていた。数人の制服警察官が立っていたが、そのうちの一人は昨日と同じ男だった。

「倉田さんは昨日、夜勤だったんです」病院の玄関前で待っていた博子先生が、私に状況を説明した。「彼女は朝六時から八時まで仮眠のシフトでしたが、眠れなかったんでしょう。近くのコンビニにお菓子か何かを買いに行ったようです。病院へ戻ってくる時に、そこの路地で車に撥ねられたんです」

病院内に入ったところで、事故かと尋ねた私に、博子先生が足を止めた。違うのかと囁くと、轢き逃げです、と表を指さした。

「彼女が轢かれたのは、そこの路地の奥でした」

コンビニへの抜け道だな、と私はうなずいた。私自身、何度もその路地を通ったことがあった。

かなり細い道です、と博子先生が言った。

「朝七時と早い時間だったため、目撃した者はいません。本人に話を聞きましたが、一瞬のことで記憶がないと言っています。後ろから走ってきた黒っぽいセダンに撥ねられたということでしたが、それ以上は何も覚えていないと……」

あの路地は危ないと思っていたんだ、と私は顔をしかめた。二台の車がぎりぎりすれ違えるほどの道幅しかない。今までにも、車と歩行者、あるいは自転車との接触事故が何度か起きていた。

でも、ちょっとおかしいと思うんです、と博子先生が通路を歩きだした。

「あの路地は制限速度二十キロですけど、常識があるドライバーならもっと遅いスピードで運転するでしょう。人でも自転車でも、飛び出してきたら避けられませんからね。接触した皮膚の皮下出血から判断すると、五十キロ前後でセダンは走っていたようです」

「……それで？」

倉田さんは後ろから撥ねられています、と博子先生が階段を上がった。

「あの道を時速五十キロで走行していたとすれば、エンジン音がはっきり聞こえたと思うんです。早朝ですし、誰もいなかったわけですし、静かな路地ですからね。気づいていれば、彼女は振り向いたでしょうし、避けるために道の端に寄ったでしょう。でも、そうではなかった。これは憶測ですけど、セダンは直前まで徐行運転をしていたんじゃないかって……倉田さんを狙って、一気にアクセルを踏み込んだ。最初から彼女を轢き殺すつもりだったのではないかと……」

考えられない、と私は首を振った。倉田がコンビニへ行ったのは、眠れなかったのか、空腹のためか、それはわからないが、彼女自身コンビニへ行くと決めていたわけではなかっただろう。原則、夜勤の看護婦は外出禁止という規則もあった。

もちろん、これは一種の建前で、巡回中ならともかく、仮眠時間に少しの間外へ出る看護婦がいることは私も知っていたし、黙認していた。そこまで規則で縛る必要はないだろう。だが、いつ、誰が、外出するかは、誰にもわからない。それは本人の意思であり、強制されることでもない。

もし倉田を轢き殺そうと考えていた者が、あの路地で待っていたとしても、それは空振りに終わる可能性の方が圧倒的に高い。

そして、あの路地で長時間車を停車させておくことはできない。駐停車禁止区域だし、警察官のパトロールもあるのだ。

そうなんですが、と博子先生が病室のドアをノックした。

「でも、時速五十キロです。運転している者にとっても危険な速度なのはわかりますよね？それだけのスピードを出していたのは、彼女を狙っていたとしか……」

ドアが開き、坪井(つぼい)という中年の看護婦が疲れた顔を覗かせた。倉田はと尋ねると、応急処置は終わっていますと答えて、ドアを大きく開けた。

四人部屋の一番奥のベッドに、倉田が横になっていた。顔に擦過傷があったが、一週間ほどで治るだろう。右腕と右足は添木で固定されていた。

博子先生がベッドサイドテーブルにあった封筒を私に渡した。中にあったX線写真を窓から差し込んでくる朝の光に透かして見ると、右腕上腕部の骨と大腿骨がきれいに折れているのがわかった。

運が良かったな、と私は目を見開いていた倉田に囁いた。

「もし粉砕骨折だったら、大変なことになっていた。博子先生は全治二カ月と言ったようだけど、もっと早く治るよ」

倉田は私を見ていなかった。無視しているということではなく、まばたきひとつせず、ただ天井の一点を見つめている。そこから何かが降りてくるのを、恐れているように見えた。

いったい何があった、と私は倉田の耳元に口を寄せた。

「コンビニへ買い物に行ったそうだね。別にそれは構わないが、どうして車に撥ねられた？あの路地には歩行者用の線が引いてあるだけで、ガードレールもない。道幅も狭いから、危ないのはわかっていたはずだ。背後から走ってきた車に気づかなかったのか？」

わかりませんでした、と囁く声がした。その声には感情がなかった。

「なぜわからなかった？　骨折の状態から考えて、車のスピードはかなり速かったようだ。エンジン音は聞かなかったのか？」

聞いてません、と天井の一点を見つめたまま倉田が答えた。あり得ない、と私は首を振った。

「そんなはずがないだろう。君が撥ねられたのは午前七時だ。静かな住宅街だぞ。それなのに何も聞こえなかったと？　そんなこと、考えられない」

何も覚えていませんと目をつぶった倉田が、いつ退院できますかと尋ねた。今から腕と足をギプスで固定する、と私は言った。

「腕はともかく、足の方はただ固定しておけばいいわけじゃない。半月ほど入院してもらうことになる。看護婦なんだから、それぐらいわかるだろう。歩行訓練のリハビリだってあるし――」

ここにいたくありません、と目をつぶったまま倉田が口だけを動かした。

「今すぐ退院させてください。他の病院へ移ります」

どうしたんだ、と私は倉田の肩に手を置いた。

「他の病院へ移ったとしても、何も変わらない。それなら、ここで入院していればいいじゃないか。仕事中の事故だと、ぼくは考えている。そうであれば治療費も入院費も花山病院が負担する。他の病院へ行けば……」

ここに<ruby>い<rt>﹅</rt></ruby>たくないんです、と倉田が目を見開いた。真っ赤に充血した白目に、黒目がぽつんと浮かんでいた。

「あたし、辞めます。この病院を辞めます。何もしていただかなくて結構です。ただ、ここにいたくない、それだけなんです」

なぜそんなことを言うのかと尋ねたが、無言のまま横を向いた。何度話しかけても、倉田は顔を向けようとしなかった。

9

治療そのものについて、倉田は何も言わなかった。担当したのは柏手先生だったが、ギプスで固定するなど通常の処置を施すと、指示には素直に従っていた。一日でも早く退院したい、ということなのだろう。

倉田の件は典型的な轢き逃げで、事故ではなく事件として扱われた。倉田本人はもちろんだが、病院の責任者として、私も警察に詳しい事情を聞かれた。

現場の路地には塗膜片と呼ばれる物が落ちており、倉田が証言したように、黒い車に轢かれたのは確実だという。心当たりはないかと尋ねられたが、黒い車というだけでは答えようがなかった。

病院内での勤務ぶりは真面目そのものだったし、プライベートな交友関係については、看護婦同士の方がよく知っているはずだと答えると、こういう事件が一番難しいんですよ、と渋い顔になった刑事が去って行った。

私や柏手先生の説得に耳を貸すことなく、倉田が強引に退院していったのは、事故が起きた五日後のことだった。

いつ書いたのかわからなかったが、ベッドサイドテーブルに退職届の封筒が残されていた。中学校の養護教諭をしている叔母の紹介で飯田橋の病院に転院すると書いてあったが、病院名は記されていなかった。

なぜ倉田があれほど頑なに花山病院にいたくない、転院したいと訴えたのか、そして退職していったのか、理由はわかっていた。リカの存在があったからだ。

証拠は何もない。すべて直感だったが、それ以外あり得ないことを私は知っていた。

倉田は小児科担当の看護婦で、リカと直接の関係はない。少なくとも仕事面ではそうだったし、プライベートな付き合いなどあるはずもなかった。

だが、まったくの無関係ということでもない。

藤鐘の死について、親しかった倉田は自殺ではないとわかっていた。自殺を装った殺人だと考えていたのだろう。その犯人はリカしかいないと確信していた。

藤鐘は倉田を可愛がっていた。贔屓(ひいき)ということではなく、藤鐘は倉田を妹のように思っていたのだろうし、倉田も藤鐘を姉のように慕っていた。

あの二人はリカについて、さまざまな話をしていたはずだ。藤鐘の性格から考えると、注意した方がいいぐらいのことは言っていただろう。

具体的に何を、とは藤鐘も指摘できなかったかもしれないが、花山病院内で起きているさまざまな事故やトラブルにリカが関係している、と話していたのではないか。

確証があったわけではない。そんなものがあれば、藤鐘はとっくにリカを警察に突き出していただろう。

何も証拠を残さないのは、リカの頭の良さを物語っていた。そして、リカには動機がない。だから、常に安全圏にいた。

私もそうだったが、藤鐘もリカを告発できなかった。情況証拠だけでは無理だ。何を言っても、誰も信じてくれない。

それでも、すべての絵を描いているのがリカだと藤鐘にはわかっていた。元凶であるリカに対し、注意を怠ってはならないと考え、最も可愛がっていた倉田にだけは、それを伝えていた。

藤鐘が自殺するはずがない、と倉田も知っていた。わかっていたと言うべきだろう。

だが、遺書が残っていたこと、遺体に不審な点がなかったことから、自殺として処理された。

倉田は何かを調べていたのではないか。それは、藤鐘の死にリカが関与していたという証拠だ。

その矢先に、車に轢かれるという事故が起きた。助かったのは運が良かったからで、死んでいてもおかしくなかった。

今後、リカはどのような手段を講じてでも倉田を排除しようとするだろう。花山病院にいては危険だと倉田は考え、姿を消すしかなかった。

今後、彼女はリカの影に怯えながら生きていかなければならない。死ぬまで、それは続く。

その恐怖は、誰にも想像できない。

私の想像は間違っていないはずだが、倉田を轢いた黒のセダンを運転していたのがリカだったかどうかは不明だった。

倉田自身も、運転者の顔を目撃していない。この件も、リカが関与していると断言することはできなかった。

リカはどこへ消えたのか。電話があった日の翌日、花山病院に雨宮リカとサインが入った退職届が郵送されていたが、それ以降連絡は途切れたままだった。

これからリカが何をするつもりなのか、それはわからない。何を考えているかもだ。何もわからないまま警察に相談しても、取り合ってさえくれないだろう。

警察は事件が起きて初めて動き出す。証拠も何もない訴えに耳を貸すほど、暇なわけではない。

倉田が退院してから一週間、何事も起きなかった。刈谷先生の後任の内科医を探していたが、それも目処がついていた。

原口を正式に婦長に任命し、数人の看護婦を補充した。私が流用した形になっていた病院の金も、叔父が亡くなり、私が院長になったことで、うやむやになっていた。

最も恐れていたのは、リカが真由美に危害を加えることだったが、研修医を務めている彼女は、一勤一休、つまり二十四時間働いて、丸一日休むという勤務シフトについていたため、病院内にいる間は安全だったし、私の勧めでタクシーで出退勤するようにしていた。

実家暮らしということもあり、両親、近所の目もある。リカが容易に近づくことはできないはずだ。

私は真由美と頻繁に連絡を取り合い、無事を確認していたが、リカらしい人物は見ていないし、周りで不審な事態が起きてもいない、ということだった。

病院内で立て続けに起きていた事故や不祥事について、世間に漏れることもなかった。それなりに万事がうまく回り始めるようになっていた。

柏手先生の様子がおかしいことに気づいたのは、日々の暮らしが落ちついてきたと思うようになった十日ほど後のことだった。

10

金曜日、新しく内科部で勤務することが内定していた梶洋平（かじようへい）というまだ若い医師が花山病院を訪れていた。

実際に働くことになるのは来月からの予定だったが、本人から医師や看護婦に挨拶をしておきたいという申し出があり、私もそれを勧めていた。

梶は私の友人の弟で、その友人も父親も医者だった。医者は世襲制ではないが、そういう家は少なくない。

常勤の内科医を探していると私は知り合いに伝えていたが、巡り巡って梶洋平から連絡があったのは半月ほど前だ。以前から本人と面識があったこともあり、話は早かった。

挨拶といっても、かしこまったものではない。院内の会議室にいくつかのグループに分けた看護婦たちを呼んで紹介する。ただそれだけのセレモニーだ。

最後に来てもらうことにしたのは、柏手先生と博子先生だった。

医師と看護婦は立場が違う。医師は医師だけで会った方がいいと思っていたし、二人には梶のことをきちんと紹介しておく必要があった。

予定していた時間に博子先生が来たが、柏手先生は姿を現さなかった。昼休みの時間帯なので、仕事はないはずだったが、何かあったのだろうか。

結局、柏手先生が会議室に入ってきたのは、三十分後だった。遅いじゃないですかと苦笑交じりに言った私に、失礼しましたとだけ答えて椅子に座った。

普段から口数が多い人ではない。無口で物静かな人だとわかっていたが、この時の柏手先生は明らかに態度がおかしかった。

顔色が悪く、水でもかぶったように汗を掻いている。ハンカチで拭っても拭っても、汗は止まらず、ますます酷くなっていく一方だった。

「どうかしましたか？　風邪ですか？」

そうかもしれません、と柏手先生がうなずいた。寒気がするのか、体を小刻みに震わせている。

午後の診察は休んだ方がいいでしょうと言うと、そうさせてもらえますかとまばたきを繰り返した。

「とりあえず、今は紹介だけさせてください。彼が前に話した梶くんです。ぼくの友人の弟で……」

いきなり立ち上がった柏手先生が、よろしくお願いしますと一礼して、そのまま会議室を出て行った。どうしたんでしょう、と博子先生が首を傾げた。

「ずいぶん顔色が悪いようでしたけど、体調を崩されたんでしょうか」

そうみたいだ、と私はうなずいた。今朝病院に来た時から、柏手先生が辛そうな様子をしていたのはわかっていた。

大丈夫ですかと聞くと、微熱があるということだったが、思っていたより症状は良くないようだ。

医者の不養生といいますからね、と梶が張りのある声で言った。まだ三十歳になったばかりで、元気が有り余っているような男だ。

「きちんとご挨拶できませんでしたが、それは後日またということで……それにしても、ちょっと心配だな」

「どうしてそう思う？」

単なる風邪じゃなさそうです、と梶が言った。内科医だから、その辺りは私よりよくわかるのだろう。

「インフルエンザなのかもしれません。普通の風邪だと、あそこまでの発汗はないはずです。もしかしたら院内感染とか……だとすると、院長も含め他の看護婦、スタッフにもうつっている可能性がありますよ」

インフルエンザの流行時期は例年十一月前後からだが、数年前から発生時期が早くなっている。九月に患者が発見された例もあった。

多くの医師がそうだが、医者はインフルエンザに罹患しないという迷信を信じている。ウイルスが医師だけを避けて通ることなどあり得ないのだが、医師の多くが自分だけはかからないと考えてしまうところがあった。私自身もそうだ。

刈谷先生が辞めてから、花山病院は内科診察を中止していた。私も柏手先生も外科医だから、特に気にしていなかったが、注意喚起が必要かもしれない。

紹介が終わり、梶が博子先生と一緒に会議室を出て行った。私の携帯電話に真由美からの着信があったのは、ドアが閉まった時だった。

「今、大丈夫？」

いいタイミングだった、と私はドアを見つめた。

「ちょうど打ち合わせが終わったところでね。何かあったのかい？」

それはこっちのセリフ、と真由美が笑った。わざと軽い言い方をしているのは、私への思いやりなのだろう。

「その後どうかなと思って電話したの。トラブル続きで大変だったでしょ。何もできなくてゴメンね」

「仕方ないさ。君だって忙しいだろう。叔父の葬儀の時も、本当は勤務だったんだろ？　わざわざ来てくれて助かったよ」

あなたよりお義母さんのことが心配だった、と真由美が言った。

「あなたの叔父様とはすごく仲が良かったって、前に聞いたことがあったの。ご両親は亡くなられているし、二人きりの姉弟でしょ？　ショックなのはすごくわかる。あたしがいることで、少しでも慰めになればって思っただけ」

ありがとう、としか言えなかった。私から見ても、叔父の死が母に与えた衝撃は大きく、何と声をかけていいのかさえわからなかった。

私に限ったことではなく、息子には理解できないこともある。母の心のケアには、女性の方が向いていた。

私に姉か妹がいれば、その役目を果たすことができただろうが、どちらもいない。代わりを務めてくれたのが真由美だった。

娘がいなかったためもあるのか、真由美と母は普通の嫁姑と比べて、親しくしていた。まだ正式な嫁ではないが、婚約しているのだから同じだろう。

私より真由美の方が、よほど母と連絡を密にしていたし、彼女がいてくれたおかげでずいぶん助かっていた。

「日曜から三日間、集中研修会なの」気が重い、と真由美がため息をついた。「親しくもない人たちと丸三日も過ごすなんて、考えただけで嫌になっちゃう。単なる研修医同士の親睦会で、意味なんかないのよ」

集中研修会のことは知っていた。私と真由美が卒業した栄応医大には、医師免許を取得した後、研修医として勤務している者たちを三泊四日の日程で集め、研修会を開くという伝統が長く続いていた。

そりゃしょうがない、と私は自分の肩を叩いた。

「この何年かは、他の医大と連携して人数も増えているそうだ。人間関係を作っておくと、後で役に立つこともあるし、悪い制度じゃないと思うけどね」

他人事だと思って、と真由美が何かを叩く音がした。

「埼玉の上尾の総合病院で集中研修会って……どうして上尾なのよ」

「施設があるんだよ。内科、外科、その他全科揃っていないと、集中研修会はできないからね。いいじゃないか、研修医にとってはいい骨休みだ。緊急の呼び出しだって、ないわけだし」

東京に戻ったら二日連続で夜勤なの、と真由美が深く息を吐いた。

「どこまでこき使えば気が済むのかな……そういうわけで、次に会えるのは再来週になると思う。それだって、運が良ければの話だけどね。お義母さんのことだけど、何かあったら電話してくれる？　たぶん出られないと思うけど、メッセージを残してくれたらかけ直すから」

了解、と私は通話をオフにした。真由美には言えなかったが、少し安堵している自分がいた。

リカの脅威がなくなったわけではないが、研修会の期間中、宿泊するビジネスホテルと病院を往復するだけで、外出は禁止されている。必ず誰かがいるから、その意味では安心だった。

時計を見ると、一時半を回っていた。カフェテリアで何か食べようと、私は会議室を後にした。

11

翌日の朝、柏手先生から体調がすぐれないので休ませてほしいと連絡があった。もともと土曜の診察は午前中だけだったこともあり、構いませんと答えた。

申し訳ありませんという柏手先生の声がいかにも苦しげで、お大事にとだけ言って電話を切った。

取り立てて何もない土曜日だった。花山病院の外科診療は主に外傷治療で、リハビリのために通ってくる患者も多いが、それは看護婦の担当で、私たち医師は指示をするだけだ。

特に今日は静かだった。どんな病院でもそうだが、来院する患者の数には波がある。

大学病院のような巨大病院だと、土曜日の方がかえって混むこともあるが、花山病院のような個人病院では集中的に患者がやって来る日があるかと思えば、一時間に一人という日もあった。今日は典型的な後者だった。

午後十二時、外科部の待合室に患者がいなくなったのを確かめて、今日はこれで終わりにしようとその場にいた二人の看護婦に言った。

「特に何もなければ、帰っていい。ぼくは庶務課の職員と打ち合わせがあるから、副院長室にいるけど、それも二時間か三時間ぐらいで終わると思う」

よい週末をと言った私に、二人の看護婦が頭を下げて診察室を出て行った。

叔父が亡くなってからも、私は今まで通り、副院長室を使っていた。まだ叔父の院長室の整理が終わっていないこともあったし、同じ建物の上下といっても、引っ越しはそれなりに面倒だ。後回しにしていたのは、そのためだった。

とはいえ、叔父の後を引き継ぐ以上、私が院長室に入らなければいろいろ不都合がある。例えば、私の新しい名刺には院長という肩書があり、外線と内線番号が記されていたが、どちらも院長室直通のものだった。

些事だが、緊急時に院長と連絡が取れないようでは困る。引っ越しについて具体的に話し合うため、庶務課の職員と打ち合わせの時間をセッティングしていた。

病院の医師は個人情報を扱っている。カルテはカルテ室で管理しているが、必要に応じて手元に置いておくこともあった。そのため、単純に業者を入れて、上下フロアの引っ越しをするわけにはいかない。

叔父の私物なども片付けておく必要がある。その判断は院長であり親戚でもある私がしなければならなかった。

思っていたより打ち合わせは長引き、ようやく区切りがついたのは夕方四時を回った頃だった。庶務課の職員たちが副院長室を出て行ったが、私は自分の私物を片付けるため、その場に残った。

週明けでも構いませんと言われていたが、月曜になればまた患者が来る。合間にできる仕事ではないし、もし柏手先生が来週も休むようであれば、ますますそんな時間はなくなる。ある程度のことはやっておかなければならなかった。

始めるまでは億劫だったが、手をつけるとどこで終わらせればいいのかわからなくなった。副院長室には叔父や祖父などの写真も残っており、その整理にも時間を取られた。何とか片付けを終えた時には、七時を過ぎていた。

外に出ると、辺りは真っ暗だった。花山病院は住宅街の中にあるので、ぽつぽつと立っている街灯と家々の玄関灯の他に照明はない。

疲れたなとつぶやいて、駅までの道を急いだ。何となく気配を感じて前に目を向けると、顔を伏せて歩いている男がいた。

(柏手先生？)

ぼんやりした街灯の光が当たっているその男は、柏手先生とよく似ていた。声をかけようとしたが、すぐに角を曲がっていき、見えなくなった。

見間違いだったのだろうか。角まで進んだところで立ち止まった。

シルエットはそっくりだったが、百メートルほど離れていたし、確実とは言えない。

今日、柏手先生は体調不良のため休みを取っていた。午後七時を過ぎたこの時間、わざわざ病院へ来る理由はない。同年配、同じような背格好の男なら、他にいくらでもいるだろう。

仮に柏手先生だったとしても、挨拶以外交わす言葉はなかった。柏手先生にとってもそれは同じで、挨拶だけをして、気まずい沈黙の後、失礼しますと言うだけだ。それが面倒で、私を避けたのだろう。

どちらでもいい、と首を振って歩きだした。私たちは職場の同僚だが、友人ではない。それだけの関係に過ぎなかった。

中野駅が見えてきた。疲れたともう一度つぶやいて、私は足を速めた。

12

翌日、日曜は休みだった。久しぶりに何もない一日だ。

タイミングさえ良ければ、真由美とのデートを楽しむところだったが、今日から彼女は三日間の集中研修会で上尾に行っている。

電話をかけてみたが、留守電に繋がるだけだった。特に用事はなかったから、メッセージは残さなかった。

月曜の朝、病院に出勤すると、婦長の原口が待っていた。今までもそうだったが、私と婦長は毎朝ミーティングをする。看護婦同士の申し送りと似たようなものだ。

たいした話をするわけではないが、退院間際の患者に対しては日程の決定、最終確認などもある。

花山病院の入院患者の大半は老人なので、現時点で問題がなくても容体が急変する可能性があった。その後のケアについても話しておかなければならない。

性格的に婦長に向いていない、といつも原口本人は言っていたが、それは統率力がないという意味で、事務能力は高い。説明に過不足はなく、簡潔でわかりやすかった。

「他に何かありますか」

彼女の報告を聞き終え、最後にそう言った私に、そういえばひとつだけ、と原口が小さくうなずいた。

「今朝、職員が出勤した時、美容整形外科病棟の玄関の照明がついたままになっていたそうです」

意味がわからなかった。叔父の発案で新設が決まった美容整形外科病棟は、私道を一本挟んだ花山病院の裏手にある。

建物自体はほぼ完成していたし、必要な設備も整っていたが、まだ診察を始めてはいなかった。

叔父の後輩にあたる京橋医大の教授の息子が、花山病院美容整形外科部長として着任することは決まっていたが、その医師の都合もあって、診療を開始するのは来年一月の予定になっていた。

私も外科医だが、美容整形外科は医大で専科を選んだ医師でなければ診断も手術も難しい。それは柏手先生も同じで、オープンもしていないから、美容整形外科病棟はまだ使用していなかった。玄関の明かりがついていたというが、誰かが中に入ったのだろうか。

「工事の人かな？　それとも職員の誰か？」

さあ、と首を傾げた原口が、業者ではないと思いますと言った。

「もう工事は終わっていますし、今後内装業者がメンテナンスすることになっていますけど、あの人たちは鍵を持っていませんから」

「鍵を持っているのは誰でしたっけ？」

建設会社の社員、庶務課の職員、そして柏手先生ですと原口が答えた。工事全体を管理しているのは庶務課で、病院側の担当者として、柏手先生が鍵を持っている。

どちらにしても昨日は来ていないはずです、と原口が言った。日曜だから、当然だろう。

「正面玄関の照明は外にもスイッチがありますから、誰かが誤ってつけてしまったのかもしれません。たいしたことではありませんが、一応ご報告だけはしておいた方がいいと思ったので……」

柏手先生はと尋ねると、お伝えするのを忘れていましたと原口が小さく頭を下げた。

「まだ熱があるので、今日まで休ませてほしいと先ほど電話がありました。ひどくお辛そうでしたので、構わないと思いますとお返事しましたが、よろしかったでしょうか?」

何とかなるでしょう、と私は言った。特に問題はないはずだ。

「午後になったら、ぼくの方からも連絡しておきます。明日には出てきてほしいけど、どんな感じでしたか?」

声だけですけど、とても体調が悪いように思いました、と原口が言った。

「単なる風邪ならいいんだが……確か、柏手先生の奥さんは元看護婦でしたね? それならあまり心配することもないかな」

院長先生、と原口がデスクを指さした。携帯電話が鈍い音を立てながら、回転するように動いていた。

「大矢です」

小さく咳払いしたのは、発信表示に「真由美・実家」とあったためだ。失礼しますと言って、原口が出て行った。

「すまないね、朝から」電話をかけてきたのは、真由美の父親だった。「今、どこだ?」

花山病院ですと答えた。正直なところ、私と真由美の父親の関係は良好と言えない。

男親は誰でもそうなのだろうが、娘を奪られたという感覚があるのか、常に私への接し方にどこか険があった。今もそうだが、どこか不愉快そうな様子だった。

「真由美はそっちにいるのか」

まさか、と私は肩をすくめた。

「今日は月曜ですよ、お義父さん。病院は開いてますし、これでも院長ですから、それなりに仕事もあります。真由美さんが昨日から埼玉に行ってるのはご存じでしょう？　集中研修会といって……」

「わたしだってそれぐらい知ってる」講師の一人がわたしの友人なんだ、と真由美の父親が言った。「昨日の夕方、上尾のビジネスホテルに研修医が集合することになっていたが、真由美が来ていないと連絡があった」

「来ていないというのは？」

あの子が集中研修会に行きたくなかったのはわかってる、と不快そうな声がした。

「そんなものに出ても意味がないと言っていた。誰に似たのか、頑固なところがある。不参加は構わないが、連絡ぐらいするべきだろう。集中研修会が行なわれる病院に宿泊施設はないから、ビジネスホテルを取ってくれたのに、そんな失礼な話があるか？　君のところにいるんだろうが、せめて連絡するように伝えて――」

待ってください、と私は携帯を握り直した。何を言っているのか、よくわからなかった。

「あの子は上尾に行っていないんだ」愚痴のような言葉が、受話器から漏れた。「確かに、集中研修会は義務じゃない。ある種の伝統行事で、栄応医大を中心にいくつかの医大が関係しているだけのイベントだよ。だがね、意味はないが意義はある。君と一緒にいたいから行きたくないというのは、医師としてまずいだろう。別に怒ってるわけじゃない。何でもいいから上尾に顔だけは出せと……」

真由美さんはここにいません、と私は首を振った。

「ぼくのマンションにもです。会ってもいません。金曜の昼過ぎに電話で話しましたが、それだけです。集中研修会のことは前から彼女に聞いてましたし、ぼくもお義父さんと同じことを言いました。とにかく行くだけでも行っておいた方がいいと……本人も納得していましたが」

じゃあ真由美はどこにいるんだ、と怒鳴り声がした。

「上尾に行っていないのは確認済みだ。それなら、君のところしかないじゃないか。本当なのか？　あの子は君と一緒にいるんだろ？」

ぼくは花山病院にいます、と私は繰り返した。

「もうすぐ診療時間です。そんなところに真由美さんがいるはずないでしょう。時間を持て余すだけです。ぼくだって患者を放っておいて、真由美さんの相手をするわけにはいきませんよ」

妙だな、と父親がつぶやいた。

「まあいい。友達と会っているとか、そんなところだろう。よほど集中研修会が嫌だったのか……すまなかったな、大矢くん。別に疑っていたわけじゃないんだ。念のためにと思っただけで……とりあえずあの子の友人に聞いてみるが、連絡があったら必ずわたしに電話するように伝えておいてくれ。頼んだぞ」

唐突に通話が切れた。私はデスクに携帯を転がした。

真由美は上尾に行っていない。では、どこにいるのか。何をしているのか。

携帯電話を摑んで、真由美の番号を押したが、留守電に繋がるだけだった。

話があるから時間がある時に連絡をしてほしいと伝言を吹き込んだが、その後真由美から電話はなかった。

13

午後六時、最後の患者が出て行った。私の仕事は終わっていたが、帰る気になれないまま、副院長室に戻った。

本来、診療時間中の私用電話は厳禁だし、診察室も含め病院内での携帯電話の使用も禁じていたが、私は白衣のポケットに自分の携帯電話を入れていた。真由美から電話がかかってきた時のためだったが、彼女からの連絡はなかった。

今日何度目になるのかわからなかったが、デスクに座って真由美の番号をリダイヤルした。

何もかもが計ったように同じで、十回呼び出し音が鳴り、そのまま留守電に繋がるだけだった。

すぐ連絡してくれとだけメッセージを残し、電話を切った。不安が私の胸を覆っていた。

何かが起きている。そして、それは最悪の出来事だ。目の前の携帯電話が、不吉な怪物にしか見えなくなっていた。

昼もそうだったが、食事を取る気が起きなかった。真由美はどこにいるのか。何があったのか。

朝から数えると、私は二十回以上真由美の携帯にメッセージを残していた。伝言を聞けば、必ず電話してくるはずだ。

だが、十時間近く経っているのに、連絡は一切なかった。なぜ電話がないのか。答えを出せないまま、ソファに座って携帯電話を見つめた。

どれぐらいそうしていただろう。突然電話が震え出した。

素早く摑んで耳に当てると、院長ですか、という男の震えた声が聞こえた。

「柏手先生?」腕時計に目をやると、九時半を回っていた。「今、どちらですか?」

そのまま、私は窓の外に目を向けた。なぜそんなことをしたのか、自分でもわからない。直感、ということなのだろうか。

視界の端に美容整形外科病棟が映った。灯っていた明かりが、不意に消えた。

私は副院長室を飛び出し、病院の正面玄関から外に出た。

14

花山病院から美容整形外科病棟までは、直線距離だと三十メートルほどしか離れていないが、病院の裏手にあるので、迂回路を通らなければならなかった。

その距離は百五十メートルほどで、全力で走ったため、病棟の正面に着いた時には息が切れていた。

玄関にだけ明かりがついている。ノブを回すと、ドアが開いた。呼吸を整えてから、中に入った。

建物は新築で、内装工事もほとんど終わっていた。新しい木とペンキの臭いが、鼻孔を刺激した。

病棟の造りは簡単で、二階建ての建物だ。一階には受付とカウンセリングルーム、診察室がある。美容整形外科という特性のため、待合室はいくつかの個室に区切られていた。

私自身、工事の際、何度か入ったことがあった。叔父の指示により、管理責任者は私になっていた。

美容整形外科での診療は管轄外で、設計図通りに工事が進んでいるかを確認するだけだったから、詳しく覚えているわけではない。ただ、大体の構造は頭に入っていた。

手術室は二階に三部屋ある。美容整形外科とひと言で言うが、一重まぶたを二重にするのも、豊胸手術も、顔全体を整形するのも、すべて美容整形専門の外科医が執刀する。手術室が三つあるのは、難易度によって使う部屋を変えるためだった。

廊下の蛍光灯が断続的についていては消え、消えてはまた灯った。導かれるように、私は二階へ上がっていった。

階段側から順番に手術室のドアを開けていった。一番近い部屋と中央の部屋には誰もいなかったが、それは最初からわかっていたような気がしていた。

三つ目のドアを開けると、二台ある手術台の手前の床に柏手先生がうずくまっていた。

胎児のような姿勢で私を見上げた顔が涙で濡れ、頬には茶色の汚物がついていた。吐瀉物だった。

「……柏手先生？」

手術室の蛍光灯が瞬いている。天井の五カ所に二本ずつ設置されている蛍光灯のほとんどが消えていた。ついているのは、柏手先生の真上にある一本だけだ。

「いったい……ここで何を？」

口に手を当てた柏手先生が、凄まじい勢いで嘔吐した。胃の中の物をすべて吐き出し、指の間から薄いポタージュのような胃液が床に飛び散っていった。

「わたしは……わたしは、こんな……信じてください、院長。他の連中が何を言っていたか、想像はついています。わたしがあなたのことを……嫌っているとか、そんなことでしょう。でも、違います。そんなことはありません。わたしは……」

立てますか、と私は囁いた。

「何があったんです？　話してください」

苦悶の呻き声を発した柏手先生が、その場に正座して床に額をこすりつけた。

「わたしは何も……何もしていないんです。本当です信じてくださいだけどあの女があの女がわたしの妻と娘を、敏子、凪子、頼む、頼むからどこにいるのか教えてくれ頼む頼む頼む頼む頼む頼む頼む頼む頼む」

思わず、柏手先生の頬を平手で張った。絶叫する声が手術室に響き、私は両耳を手で押さえた。

「先生、落ち着いてください」吐瀉物にまみれた手で、私は柏手先生の肩を揺すった。「敏子さんというのは、先生の奥さんの名前でしたね。凪子さんはお嬢さんですか？　どこにいるのか教えてくれというのは、どういう意味です？」

院長、と柏手先生が顔を上げた。正視できないほど、顔が歪んでいた。精神の歪(ひず)みが、そのまま顔面を強くねじ曲げていた。

「本当に本当に申し訳ないことを……わたしは何という……医師として、人として、もうわたしに生きている資格はありません。ですが、敏子と凪子のことは何としてでも守らなければならないと……院長、助けてください。助けてください！」

蛍光灯の点滅が速くなっていた。いったい何が起きているのか。気づくと、強烈な臭気が辺りに漂い始めていた。

「わたしは……わたしは何もしていないんです」許してください、と柏手先生が私の腕にしがみついた。「脅されたんです本当です敏子と凪子を人質に取られたわたしにはどうすることもできません従うしかなかったそれはわかってもらえますよね？」

お願いですから落ち着いてください、と私は激しく震えている柏手先生の手を強く握った。

「いったいここで何をしていたんです？　奥さんとお嬢さんを人質に取り、先生を脅していたのは雨宮リカですね？　彼女は先生に何を要求したんです？」

咳き込むのと同時に、少量の胃液と血を吐いた柏手先生の顔がどす黒く変色した。

「信じられない……あんなことを……だが、わたしは言われた通りにした。そうじゃないか？　すべて要求に従った。こうして院長もここへ呼んだ。これ以上、何をどうしろと？　頼むから、妻と娘を返してください。お願いです、お願いします！」

「ぼくを呼んだというのは、どういう意味です？」柏手先生から離れ、私は辺りを見回した。「それもリカに命じられたんですか？　だとしたら、何のためにぼくをここへ？　リカはどこにいるんです？　先生、答えてください。一体何があったんです？」

壁に手をついて立ち上がった柏手先生が、隅にある高圧蒸気滅菌器を指さした。中型の冷蔵庫ほどの大きさで、手術用のメスなど手術器具を滅菌する際に使用するものだ。

使用時には内部がブルーライトで照らされるが、今は光っていない。ストロボのように天井の蛍光灯が明滅を繰り返している。透明な扉の中は見えなかった。

悲鳴を上げている柏手先生から離れ、滅菌器に近づいた。透明な扉を開けた瞬間、ブルーライトが灯った。

膝の力が抜け、のめるように前に体が崩れ落ちた。滅菌器の中にあったのは、人間の頭部だった。

首の部分で切断され、正面を向いていたが、人相はわからなかった。顔の表皮がきれいに剝がされていたからだ。人体模型の標本のようだった。

ただ、全体の輪郭、そして残っていた耳のイヤリングから、女性だとわかった。髪の毛もそのままになっていた。

咄嗟に口元を押さえたが、喉に込み上げてくる強烈な吐き気をどうすることもできなかった。口から大量の吐瀉物がとめどなく溢れ出していった。

耳の下まであるウェーブのかかった黒髪。そしてパールのイヤリング。どちらも見覚えがあった。

わたしではありません、と涎と吐瀉物で顔を汚した柏手先生が手を伸ばした。

「真由美さんは……院長の婚約者は、わたしが見た時、もう……あの女がやったんです」

心のどこかが麻痺していた。涙さえも出ない。だが、真由美が殺された事実だけはわかった。

「わたしは……わたしの妻と娘は、金曜の朝、あの女にさらわれました。電話があったんです。あの女はこう言っていました。誰にもわからない場所に妻と娘を閉じ込めている。命令に従わなければ、このまま自分も姿を消す。警察が二人を見つけだす頃には、死んでいるだろうと……」

何でもする、どんな命令にも従いますと誓いました、と柏手先生が言った。

「あの女は自分の顔を変えてほしいと言ったんです。それは難しいと答えました。美容整形外科の専門医ではないし、技術もないと……でも、奥さんと娘さんのことを考えて、とあの女が……選択の余地はありませんでした。とにかく、ここに美容整形外科の病棟があり、手術器具その他必要な物は揃っています。それに、絶対に不可能ということではありません。院長ならおわかりですよね」

目をつぶって、小さくうなずいた。専門医ではない私たちに、美容整形外科手術を依頼する患者はいないし、いたとしても断わるしかないが、技術的に言えば不可能ではなかった。

「どれぐらいのレベルの整形手術を考えているのか、とわたしは尋ねたんです」喚くように柏手先生が言った。「一重を二重にする、ホクロを除去する、それぐらいなら十分に可能だと伝えました。すると、見本になる顔があるとあの女が言いました。その顔と同じにしてほしいと……わたしの技術でできるとは思いませんでしたが、言われた通りするしかないじゃないですか。妻と娘の命が懸かっているんですよ！」

「……それで？」

手術をしたのは土曜の深夜ですねと言った私に、そうですすと柏手先生がうなずいた。

「わたしは……あの女が写真を持ってくると思っていたんです。タレントか女優か、そういう写真です。でも、違いました。あの女が持ってきたのは……真由美さんの顔そのものだったんです」

「顔……そのもの？」

柏手先生が床を指さした。茶色いボストンバッグが転がっていた。

「あの女は、そのバッグの中に真由美さんの頭部を入れて、ここへ持ってきました。目を見開いたままの真由美さんの顔は……わたしには正視できませんでした」

この顔にしてほしいの。こういう顔になりたいの。だって、昌史さんはこういう顔が好きだから。

あの女は歌うようにそう言ったんです、と柏手先生が両手で自分の顔を掻き毟った。

「わたしには、他にどうしようもなかった。従わなければ、あの女はわたしの妻と娘を真由美さんと同じように殺すとわかったからです。手術を始める前、何十回、何百回、同じことを聞きました。妻と娘がどこにいるのか教えてくれ、無事を確認したら、全力で手術する。真由美さんの死体の処理も手伝う、わたしが殺したことにしてもいい、何でもするから妻と娘を助けてくれと……」

リカを騙すつもりだったんですね、と私はつぶやいた。痙攣するように柏手先生が顎を上下に振った。

「顔の全面的な手術です。当然、麻酔をかけることになります。その間、あの女は意識を失います。わたしには考えがあったんです。麻酔であの女を眠らせ、その間に警察に連絡すればいい。警察があの女を取り調べ、妻と娘の居場所を吐かせれば、とにかく二人は助かる。そうでしょう？」

柏手先生が絶叫した。その声はいつまでも長く続き、私は目をつぶった。

「だが、リカは何も答えなかった。そうですね」

ただ嗤っただけでした、と柏手先生が体を震わせた。

「警察に訴えたければ、そうすればいいと……でも、あたしは何日だって黙っている。どんなことをされても、奥さんと娘さんの居場所は言わない。もし助けが来なかったら、それは柏手先生が過ちを犯したためだと二人には話してある。奥さんと娘さんはあなたを恨みながら死んでいく……そう言ったんです。もう、どうしようもなかった。あの女の顔にメスを入れる以外、わたしには何もできなかったんです！」

「真由美の顔の皮膚を切り取ったのはリカですか？」

器用なメスさばきでした、と虚ろな声で柏手先生が言った。

「前額部からメスを入れて、そのまま顔全体の皮膚を切り抜いていったんです。目と鼻、口の部分は刳り貫くようにして、真由美さんの顔のマスクを作り、パックのように自分の顔にかけました。これで簡単になったでしょう、と笑いながら言ったあの女のおぞましい姿を、わたしは……」

壁に手をついたまま、柏手先生が断続的に嘔吐した。リカはどこにいるんです、と私は囁いた。

「柏手先生、しっかりしてください。顔全体にメスを入れたとすると、手術が終わったのは昨日の午後ですね？　あの女は目を覚ましているんですか？　奥さんと娘さんがどこにいるか、話しましたか？」

「あの女が意識を取り戻したのは、今朝八時頃でした」ずるずると柏手先生が座り込んだ。「夜になったら昌史さんを呼ぶように、と命じられました。あの人がここへ来たら、奥さんと娘さんがどこにいるか教える。それまでは何も言わないと……」

リカはどこです、と私はポケットから携帯電話を取り出した。

「警察に連絡します。あの女は人殺しで、他に何人も殺している。奥さんと娘さんを救うためにも――」

止めてくれ、と柏手先生が私の腕を払った。携帯電話が床の上を滑っていった。

「あの女は約束したんです。手術を終え、院長がここに来たら、妻と娘がどこにいるか教えると……ですが、警察に連絡したらすぐに姿を消すとも。だから、あの女が妻と娘の居場所を言うまで待って……」

リカはどこに、と言いかけた私の口が閉じた。奥にある二台目の手術台の床から、黒い影が近づいていた。

15

顔中に包帯を巻いた背の高い女が、私の前に立っていた。異常な臭気に、思わず私は顔を背けた。顔の九割が包帯で覆われていたが、左目の部分だけが開いている。

やっと来てくれた、とリカが美しい声で言った。

「もう、いつも待たせるんだから。リカ、こんな服で会いたくなかった。ちゃんとデート用の服だってあるのに……でも、来てくれたからいいか。許してあげる」

彼女が着ていたのはピンク色の患者着だけで、下着も身につけていないのが陰影でわかった。包帯の至るところに血が滲んでいた。

美容整形手術の後には、ダウンタイムと呼ばれる安静期間が必要になる。単純なレベルの手術なら、一日もあれば十分だが、柏手先生はリカの顔全体にメスを入れていた。それだけ大きな手術なら、常識的には一カ月以上のダウンタイムを取らなければならない。

　手術を終えて、まだ丸一日程度しか経っていない。体を起こすだけでも、強烈な痛みが顔面を襲うはずだ。

　だが、リカは立ち、歩き、話し、笑っていた。ダウンタイムには個人差があるが、異常な回復力だ。この女は痛みを感じないのだろうか。

「リカね、きれいになったの」得意そうにリカが言った。「世間が美容整形にあんまりいい印象を持ってないのは知ってる。でも、女の子は誰だってきれいになりたい。どんな美人でも、どこかにコンプレックスがある。簡単な手術でそれが解消されるなら、全然悪いことじゃない。昌史さんだってそう思うよね？　お医者さんなんだから、わかってくれるでしょう？」

　自分が何をしたかわかっているのか、と私は滅菌器を指さした。

「お前が殺したんだぞ。しかも、あんな惨いことを……いったい真由美が何をした？　何の罪がある？」

　人の男に色目を使うなんて、女として最低最悪、とリカが包帯の隙間から真っ赤な唾を吐いた。

「昌史さんも悪いよ。誰に対しても優しいのは、いいことに見えるかもしれないけど、本当は違う。気を持たせるようなことを言うから、他の女が付け上がって近づいてくるの。リカ、

そういう女大嫌い。死ねばいいのに。人の男を盗る女はみんな死ねばいいんだ。そうでしょ
そう思わないリカ間違ってないリカはいつだってリカが正しい」
私の中で膨れ上がっていた怒りが、その瞬間爆発した。リカに飛びつき、患者着の襟を摑
んでその場にねじ伏せた。
「お前は人殺しだ。わかってるのか？　人殺しなんだ。真由美だけじゃない。叔父を窒息死
させ、藤鐘を自殺に見せかけて殺した。小山内婦長を階段から突き落とし、頸髄を損傷させ
たのもお前だ。彼女は一生自分の力で立つことはおろか、何もできなくなった。他の患者や
看護婦もそうだ。倉田を車で轢いたのもお前だな？　何のために罪を重ねた？」
嫌な奴ばっかりだった、とリカが私の腕を摑んだ。
「リカのこと馬鹿にして、蔑んで、下に見て、命令ばっかりして……あなたのことを誘った
り、馴れ馴れしくしている女もいた。許せると思う？　リカと昌史さんは運命で結ばれてる
のに、どうして邪魔するの？」
携帯電話を、と私は叫んだ。
「柏手先生、警察に電話してください！　この女は異常だ。放っておいたら何をするかわか
らない。早く通報するんです！」
凄まじい声で叫んだリカが激しく身をよじった。私は右手をその顔に突き立てた。ぶよぶ

よした肉の感触。腐臭と血の臭いが辺りに充満した。

解けた包帯の隙間から、生々しい真っ赤な肉の色が見えた。どんな術式で手術をしたのかわからないが、切開痕が大きい。まるで内臓そのものを直接見ているようだった。

「柏手先生、早く！」

背中に鈍い衝撃が走った。全身の力が抜けていく。そして、激しい痛みと吐き気が私を襲った。

振り向くと、手術用のメスを握っている柏手先生がそこにいた。メスの先が赤く光っている。

背中に手を当てた。血にまみれた手を見つめていると、急に視界が変わった。私は倒れていた。

16

頼む、とメスを捨てた柏手先生がリカの体を支えているのを、薄れていく意識の中、私は見ていた。

「頼む、教えてくれ。教えてください。敏子は、瓜子はどこにいる？　教えてくれ、この通りです」壁に体をもたせかけたリカに向かって、柏手先生が土下座を繰り返した。「お願いしますお願いします。警察に通報なんかしません。約束します。院長はあなたを殺そうとした。わたしはあなたを守ったんですよ。あなたの味方だとわかったでしょう？　だから教えてください。妻は、娘はどこに？」

ずれた包帯を直したリカが、柏手先生の肩を借りて立ち上がり、私を見下ろした。

柏手先生が刺したのは私の肺だった。口から血が溢れていること、呼吸困難になっていることからも、それは確かだった。

体の下に血溜まりができていた。出血が酷い。数分も保たないだろう。私はここで死ぬのだ。

携帯電話を貸して、とリカが手を伸ばした。

「奥さんと娘さんを閉じ込めている人がいる。解放するように伝えるから」

何度もうなずいた柏手先生が、床を這うようにして私の携帯電話を捜し始めた。先生、と私はかすれる声を振り絞った。

「……逃げろ」

「ありました！」叫んだ柏手先生がリカに携帯電話を差し出した。「お願いします、一刻も早く連絡を――」

リカの右手が横に振られた。柏手先生が手を当てた喉から、大量の血が迸った。リカの手の中にメスがあった。

「馬鹿医者！　昌史さんに何てことをするの！」

喉を押さえたまま床に膝をついた柏手先生の右目に、リカがメスを突き立てた。何の音もしなかった。

「昌史さん、しっかりして！」駆け寄ったリカが私を抱きしめた。「ひどい、こんなに血が……言ったでしょう、あの男は昌史さんのことを嫌ってるって。だからこんなことをしたの。昌史さんの味方はリカしかいないんだよ？　リカのことだけ信じていれば、それで良かったのに」

リカの鼻から下を覆っていた包帯が、解けて床に落ちた。そこにあったのは異様に腫れ上がった肉塊だった。

内出血しているのだろう。針でひと刺しすれば、血と膿が飛び散るに違いない。

「お願い、リカを見て！」リカが私に頬ずりをした。「きれいになったねって言って。お願い、リカを一人にしないで。こんなに愛してるのに！」

指一本動かせなかった。意識が遠のいていく。

目だけをリカに向けた。暗渠（あんきょ）のような真っ黒な眼窩に、光はなかった。

「……なぜだ」

どうして、私はあの日、看護婦の新規採用を決めたのか。

あの日でなくてもよかった。前日でも、一週間後でも構わなかった。看護婦募集の貼り紙など、する必要さえなかった。

あの日、あの時、看護婦を新たに採用すると決めた瞬間から、すべてはこうなる運命だった。

ほんの僅かなタイミング、ほんの僅かな不運。そのためにこんなことになった。

(なぜ)

最期に頭に浮かんだのは、その二文字だった。それきり、すべてが闇になった。

※

つまらないつまらないつまらないつまらないつまらないつまらないつまらないつまらないつまらないつまらない。

リカは昌史さんを愛していた。誰よりも誰よりも誰よりも。もちろん、昌史さんもリカのことを愛していた。誰よりも誰よりも誰よりも。

でも、昌史さんは死んでしまった。あの馬鹿な医者が余計なことをしたからだ。

馬鹿ばっかり。この世には馬鹿しかいないリカと昌史さんだけだったらどんなに幸せだったろう。

面倒臭かった。あの女の頭や、あの馬鹿医者の死体を片付けるのも、時間がかかった。

血だらけの床を拭っても拭っても、こびりついた赤い染みは消えなかった。いいけど。どうでもいいけど。病棟を全部燃やしてやったから、何もなかったのと同じ。

あの女の頭も、あの馬鹿医者の体も重かった。特に馬鹿医者の体は、切り刻んで運び出すしかなかった。

車に積んで、いつもの山に埋めてきた。あの女の胴体も、馬鹿医者の妻も娘も一緒だから、寂しくないよね。

でも、昌史さんはリカのそばにいてほしかった。だから、一緒に帰った。

ずっと話しかけた。何度もキスした。だけど、何も言ってくれない。だって、昌史さんは死んでしまったから。

死んでしまえば、人間なんてただの肉の塊。そして肉はすぐ腐る。昌史さんが腐ってしまうなんて、耐えられない。リカ、腐った肉の臭い、大キライ。

頭だけ切り落として、冷凍庫に入れた。でも、余計につまらなくなった。

凍った昌史さんの顔を見ると、死んでるってわかる。頬ずりしても冷たいだけ。

こんなの、昌史さんじゃない。リカは死んでる人と恋なんかしない。

だから、バイバイすることにした。お別れの場所はどこでも良かったけど、海がいいって思った。

恋人同士が最後にサヨナラするのは、やっぱり海が一番ロマンチック。

リカは夜の海がキライ。だって、怖いから。見つめていると、吸い込まれそうな気がするから。

バラバラにした手や足、胴体をビニール袋に詰めて、車から適当に海にほうり込んだ。本当は昌史さんの頭も一緒に捨てようと思ってた。

だけど、やっぱり捨てられなかった。だって、それじゃかわいそう過ぎる。

わかってる。昌史さんは死んでしまった。でも、忘れることはできない。

あんなに愛し合い、わかり合えた人はいなかった。運命の人を忘れられるはずがないもの。

だから、一緒に帰ることにした。帰りのドライブで、話し相手がいないのは寂しいし。

死んでしまった昌史さんとは、もう二度と話ができない。でも、リカの方から話しかけることはできる。今はそれでいい。

いつかまた、恋をすることがあったら、その人にはリカより長生きしてほしいな。もし目も鼻も口も手足もなくても、生きていてくれたらそれでいい。

だって抱きしめることはできる。温かさを感じることも。リカはそれだけで幸せ。

ああ、昌史さん、ゴメンね。今はあなたと話さなきゃダメだよね。リカも昌史さんともっともっといろんなことを話したかった。

これからのこととか結婚のこととか子供のこととか仕事のこととか将来の夢とかなんでもいいすべて話したいだってリカ愛しているから昌史さんのこと愛しているから一生忘れないからリカはねえ見てほら流れ星だよきれいだねリカは何をお願いしたの何を願ったのリカはねえずっと昌史さんといっしょにいたいってかみさまにおねがいしたのたのんだのリカいいこでしょリカのことすきだよねリカもだいすき。

ずっと、いっしょにいたいな

リカ・クロニクル／リブート（再起動）への誘い

*

『リターン』、そして『リバース』は、書かれるはずのない小説でした。

手元に二〇〇二年から二〇〇七年前後のメモが残っています。『リカ』が出版された際、編集者その他関係者から続編を書いた方がいいと勧められたが、お断わりした、と私自身が記しています。

特に深い理由はありませんでしたが、強いて言えばホラー小説というジャンルに対するこだわりがなかったから、ということになるでしょうか。少なくとも、当時はそう思っていました。

実際に、私は『リカ』以降、ホラー小説を十年以上書いていません。潜在的に避けていたのだと気づくのは、もっと後のことです。

「すべてが終わったと思っていた。だが、それはすべての始まりに過ぎなかった」

*

これはエンターテインメントの常套手段であり、使い古されたパターンでもあります。ですが、パターンになるぐらいですから、そこには真実が含まれているのでしょう。

私の考えに変化が生じたのは、読者の方々から寄せられたメールがきっかけでした。

『リカ』は単行本、文庫、共に私のメールアドレスを著者プロフィール欄に入れていました。私としてはビジネスツールのつもりでしたが（幻冬舎以外の出版社からコンタクトがあるのでは、という安易な発想です）予想していなかった事態が起こりました。

読者の方々から、信じられないほど多くのメールが届くようになったのです。

（当時はＳＮＳが未発達で、著者のアドレスに直接メールする以外、感想その他を伝えることが困難だった、という事情もあったと思います）

当初、送られてきたメールには、こんな話を書く人の神経を疑う、主人公の危機意識の低さは異常だ、あんな女がいるはずない、というような内容が書かれていることが多かったのですが、文庫化された頃から、「リカに対する共感」を記すメールが徐々に増えてきたのです。

それはある種の「意志」を感じさせるものでした。

ある段階から「リカ」に共感を抱き、自己を投影し、「リカ」と自分に相似点があると考える方、更には「リカとはわたしのことだ」と強く感情移入する方が増えている、と感じるようになりました。

＊

その数は、今も確実に増殖し続けています。数とは力であり、意志です。

「リカのことを、つまり〝わたしのこと〟を書くのは、義務ですらなく責任だ」という強烈な意志の力によって、リカのことを考える時間が多くなり、気づくと何かに導かれるように、『リターン』を書き始めていました。

＊

『リターン』は私というより、読者の方々、そして「リカ」の有形無形の「意志」によって「書かれた」小説です。

『リターン』において（未読の方もおられると思いますので、詳細は伏せますが）私としてはリカに明確な決着をつけたつもりでしたが、あの時、閉じておくべきだった扉を開いてしまったということが、後にわかります。

既にリカは制御不能になっていました。私自身がリカに（つまり〝あなたに〟）支配されるようになっていたのです。

＊

そして、読者の方々とリカの意志が、私に『リバース』を「書かせ」ました。

その過程で、リカについてまだ語られていない物語がいくつもあり、それをすべて書かなければ、リカから逃れることができないとわかりました。

それは絶望であり、諦念であり、重い枷（かせ）となって、今、私の目の前にあります。

＊

『リバース』執筆後、編集者と何度も話し合いを重ね、『リカ』『リターン』、そして本になった『リバース』を読み返し、『リカ』シリーズはクロニクル（年代記）として書かれるべきだ、という結論に達しました。

なぜなら「リカ」は「あなた」だからです。

あなたは十代かもしれない。二十代、三十代、四十代、五十代、六十代かもしれない。

あなたの中に「リカ」がいる以上、すべての「あなた」に対応できる形は、クロニクルしかありません。

＊

今後、リカについて現代、過去、近未来の物語がランダムに「書かれる」ことになります。それぞれの時代性を反映したストーリーになると思われます。

願わくばですが、発表順に、それぞれの小説をお読みいただいた上で、後で時代順に並べ直して再読していただければと思っています。

それによって、あなたは「リカ」を理解できるはずですが、思惑通りになるかどうか、そこは私にもまだわかっていません。「リカ・クロニクル」とは、そういう物語なのです。

【リカ・クロニクル】（○数字は刊行順）

一九七〇　『リバース』③

一九八〇　『リハーサル』④

一九九〇　『リカ』①

二〇〇〇　『リターン』②

二〇一〇　『リメンバー』⑤

二〇二〇

本書は、「小説幻冬」（二〇一八年九月号～十二月号）の
連載に加筆・修正した文庫オリジナルです。

幻冬舎文庫

●好評既刊
リカ
五十嵐貴久

平凡な会社員がネットで出会ったリカは恐るべき怪物だった。長い黒髪を振り乱し、エスカレートするリカの狂気から、もう、逃れることはできないのか？　第2回ホラーサスペンス大賞受賞作。

●好評既刊
リターン
五十嵐貴久

高尾で発見された死体は、十年前ストーカー・リカに拉致された本間だった。雲隠れしていたリカを追い続けてきたコールドケース捜査班の尚美は、警察の威信をかけて、怪物と対峙するが……。

●好評既刊
リバース
五十嵐貴久

医師の父、美しい母、高貴なまでの美貌を振りまく双子の娘・梨花と結花。非の打ち所のない雨宮家を取り巻く人間に降りかかる血塗られた運命。それは、「あの女」の仕業だった。リカ誕生秘話。

●好評既刊
誰でもよかった
五十嵐貴久

渋谷のスクランブル交差点に軽トラックで突っ込み、十一人を無差別に殺した男が喫茶店に籠城した。九時間を超える交渉人との息詰まる攻防。世間を震撼させた事件の衝撃のラストとは。

●好評既刊
1981年のスワンソング
五十嵐貴久

一九八一年にタイムスリップしてしまった俊介。レコード会社の女性ディレクターに頼まれ、売れないデュオに未来のヒット曲を提供すると大ヒットしてしまい……。掟破りの痛快エンタメ！

リハーサル

五十嵐貴久（いがらしたかひさ）

平成31年2月20日　初版発行
令和元年12月5日　3版発行

発行人——石原正康
編集人——袖山満一子
発行所——株式会社幻冬舎
〒151-0051東京都渋谷区千駄ヶ谷4-9-7
電話　03(5411)6222(営業)
　　　03(5411)6211(編集)
振替00120-8-767643
印刷・製本—図書印刷株式会社
装丁者——高橋雅之

幻冬舎文庫

ISBN978-4-344-42845-4　C0193　　い-18-15